诗
想
者

HIPOEM

生　活　，　还　有　诗

诗想者 · 读经典

Cong Ailüete Kaishi

从艾略特开始

——美国现代诗14课

张曙光　著

GUANGXI NORMAL UNIVERSITY PRESS
广西师范大学出版社
· 桂林 ·

策 划 人/ 刘　春

责任编辑/ 郭　静

助理编辑/ 覃伟清

责任技编/ 王增元

装帧设计/ 桂　裴

图书在版编目（CIP）数据

从艾略特开始：美国现代诗 14 课 / 张曙光著. --
桂林：广西师范大学出版社，2022.4
　（诗想者·读经典）
　ISBN 978-7-5598-4651-8

Ⅰ．①从… Ⅱ．①张… Ⅲ．①随笔－作品集－
中国－当代 Ⅳ．①I267.1

中国版本图书馆 CIP 数据核字（2022）第 012460 号

广西师范大学出版社出版发行

（广西桂林市五里店路 9 号　邮政编码：541004　）
　网址：http://www.bbtpress.com
出版人：黄轩庄
全国新华书店经销
广西广大印务有限责任公司印刷
（桂林市临桂区秧塘工业园西城大道北侧广西师范大学出版社
集团有限公司创意产业园内　邮政编码：541199）
开本：880 mm × 1 230 mm　1/32
印张：9　　字数：200 千
2022 年 4 月第 1 版　　　2022 年 4 月第 1 次印刷
定价：76.00 元

缘 起

经典作品总是常读常新，其魅力不会因为时间的流逝而削弱。阅读经典，不仅能拓宽我们的知识面、开阔视野、增强思想的深度，更重要的是，经典作品能够延展我们生命的维度和情感的纵深，让我们度过一个更有意义的人生。因此，任何一种经典，都值得我们穷尽一生去阅读，去领会，去思索。

作为"诗想者"品牌重要组成部分的"读经典"书系，以对文学艺术领域的经典作品、代表性人物的感受和介绍为主。所选作者，多为具有突出的创作成就的作家，他们对经典作品的感悟、解读、生发、指谬，对人物的颂扬与批评，对"伪经典"的批判，均秉承"绘天才精神肖像，传大师旷世之音"的宗旨。在行文造句中，力求简洁、随和、朴实，不佶屈聱牙、凌空蹈虚。

做书不易，"诗想者"坚持只出版具有独特性与高品质的文学图书，更是充满孤独与艰辛，但对文学的这一份热爱，值得我们不断努力。"读经典"书系既是对古今中外杰出作家与作品的致敬，也是对真诚而亲切的读者的回报，同时，我们也期望通过这一系列图书，为建设书香社会尽绵薄之力。

广西师范大学出版社

2018 年 9 月

序　言

张曙光

　　我最早接触到美国当代诗歌是在 1978 年。那时我正在哈尔滨的一所大学读书，也开始在偷偷写诗。记得那时正是初春，校园里还残留着冬天的积雪。我经常穿过树木稀疏的小径去图书馆，一心想要找到自己感兴趣的书。当时写作所能借鉴的资源还很有限，国内的自不必说，国外能读到的也无非是普希金、泰戈尔，或是拜伦、雪莱等人。这些大都是浪漫派，距离我们的这个时代未免太远，总感到隔了些。作为一直生活在封闭环境中的年轻人，我们在精神上感到饥渴，渴望着更多新鲜的养分来滋养我们的心灵。一天，我在阅览室里翻看一本六十年代的杂志，看到上面有一篇署名"袁可嘉"的批判英美现代派诗歌的文章。说是批判，确切说是批判性地介绍，因为里面引用了卡明斯、杜利特尔、燕卜荪和艾略特等人的作品，还就他们的风格及写作特点做了简要的分析。尽管只是吉光片羽，却让我透过这些窥见了一个全新的天地。这带给我强烈的震撼。这些诗无论在内容还是手法上都与我以往读到的全然不同，我意识到，这也许对我们的写作有着示范作用。这是我第一次接触到英美现代派并与之结缘，尽管是以这样的一种方式。后来我知道了袁可嘉先生是九叶派诗人中的一位，也是英美诗歌的重要译者，此后陆续出版的《外国现代派作品选》就是由他主编的，而且书中的序言正是我当初看到的那篇文章的改写，只是剔除了里面过激的批判和否定的内容。此后不久，西方现代文学作品开始被引进，虽然以小说居多，但在一些文学刊物上还是能读到一定数量的译诗，如艾略特的《荒原》，以及弗罗斯特、叶芝和博尔赫斯等人的作品。这是一个充满憧憬和激情的时代。十几年后我写下一首名为《岁月的遗照》的诗，回顾了这段时期的生活。尽管我当时的兴趣点是放在整个西方当代文学上，包括拉美的一些作家和诗人，但读得最多的仍然是美国诗歌。这是因为美国二十世纪诗歌在整个西方诗歌创作中占据了很大的分量，而且在一定程度上也引领了现代主义诗歌的潮流。当然我不是专门的学者，只是从写作者的角度阅读，目的也不是系统研究，而是借鉴。但长期积攒下来，也算是有了一些心得。2004 年，我离开报社到大学去教课，利用一个暑假完成了我的第一份讲稿，也就是这部书的雏形。

　　在我看来，美国当代诗歌最为突出的特点也许可以用"新"来概括。庞德曾引用《大学》里面的句子，提出了"日日新"的口号。所谓新，一是在内容上更加切近时代。美国当代诗多与美国社会密切相关，从公共领域到个人的日常生活，不一而足，以个人化的视角来展示时代的种种问题。二是在形式和手法上并不固守成规，不断进行多方面的尝试和探索，不仅适应而且也在引领人们的审美趣味。求新不仅体现在内容和手法上，同样体现在思想观念上。诗人的眼光从古典主义和浪漫主义的田园牧歌式的情调中转移到对现代社会生活的认知和批判上，对现代性的追求也变得自觉起来。对于现代性现在人们有了更为深刻的理解，但就我来看，也无非是一种当下性，即对瞬息万变的现代生活的深切体验。它是偶然的，又是必然的；它是短暂的，又是恒定的。体现在文学艺术上，一方面是在和时代博弈，另一方面是如何处理艺术与现代生活（现实）的关系。它不是来自概念而是来自直觉和体验，形成了人们内心的冲突、焦虑和虚无感。正如奥登在一篇文章中谈到的，几乎所有的大作家都是属于并作用于他的那个时代。他们都是站在时代的高度，对时代展开思考和批判。

现代性意味着作家们关注时代的种种现象和矛盾，并用一种新的手法体现在自己的作品中。当然，历史上许多流派和作家也都如此。无论他们写的是现代题材还是历史题材，无论他们的政治观点如何，无论他们喜欢还是反感他们所处的时代，他们总是在试图阐释自己的时代，写出自己对时代的认识和理解。而时代特征也总是自觉不自觉地在他们的作品中显露出来。说到底，作家与时代的关系就像是一对永远摆脱不了彼此的冤家，就像当你扯着自己的头发，想离开地面，但实际上你根本离不开。但二十世纪美国诗歌的情况有所不同，他们在现代性的追求上更具自我意识，也更加鲜明、主动和自觉。对时代更多持一种批判的态度，而且他们的批判，并不仅仅停留在现实或社会层面，而是全方位的，更加具有深度。此外，对现代性的理解和呈现也多种多样，各不相同。这就造成了语意和声部的多重性。这是因为，二十世纪人们面临着许多新的问题，这些问题是以往世纪所未有的，也更加错综复杂。如宗教、民族及种族、女权、东西方文化碰撞等各个方面，尤其是二十世纪上半叶发生的两次世界大战，以及连续不断的地区冲突，这些都极大地刺激了作家们去思考，去呈现，而且都各有侧重。

美国诗歌的新还体现在不断有新的流派出现。流派的出现意味着文学的成熟，它们是一种诗学观念和主张被成员共同接受且被推到极致的产物。在二十世纪初，庞德和艾略特等人被划入后象征派，五六十年代以来还出现了反文化运动的垮掉派，以及黑山派、自白派、新超现实主义、纽约派和语言诗派。他们都在从不同侧面用独特的手法展示美国诗歌的风貌。

我曾把美国诗歌比作一个巨大的迷宫，当然这个迷宫是用语言和文本交织起来的。美国诗歌似乎更能负载大量的经验和诸多的意识层面，因而显得晦涩难懂。也因为风格多样，流派纷呈，造成了一种炫目的奇观。这是因为在二十世纪，经历了两次大战，西方社会发生了很大的变化，写作的知识背景变得多层次、复杂化了。在这样的一个世纪中，涌现出的各种思潮几乎超出以往世纪的总和。而这些思潮的互相冲突，以及对以往理论的颠覆，更是成为二十世纪的一大特色。如社会人类学、语言学、尼采的酒神精神、弗洛伊德的精神分析、荣格与拉康等人对弗洛伊德的继承和发展、胡塞尔的现象学、海德格尔和萨特等人的存在主义、维特根斯坦的分析哲学、结构主义、罗兰·巴特的符号学、德里达的消解哲学、伽达默尔的阐释学，以及产生于美国本土的实用主义，等等，很像中国历史上的春秋战国时代，群雄并起，纷争不断，都想占据更多的城池和领地。我想可能正是这些相近或相异，乃至相互对立和冲突的理论和思潮，给美国诗歌带来了一种全新的观念上的冲击，并提供了诸多的可能性。

同样，其他艺术种类的创新也不可避免地对诗歌产生了影响。如先锋的音乐和美术，包括二十世纪初叶的巴黎现代艺术和二战后代之而起的纽约后现代艺术，这些也无疑在启发并催生出一个崭新的局面。

如果从文化理论上来进行划分，二十世纪经历和完成了从现代主义到后现代主义的跨越。这也就是我们常常听到或提到的现代派和后现代派。这种跨越，同样体现在美国二十世纪诗歌上。比如，我们都知道，艾略特、庞德等人在二十世纪二三十年代的写作带有明显的现代主义色彩，而在四五十年代的中后期，罗伯特·洛威尔的诗集《生活研究》的问世，则透露出了后现代主义诗歌的端倪。当然实际情况要更为复杂。比如，前面提到的庞德，他后期创作的《诗章》中，也带有某些后现代主义的因素，他对后现代诗人的影响，远远超出了他的老伙计、名重一时的艾略特；而罗伯特·洛威尔，假如我们把他归入后现代一类，那么他也是明显地从现代派营垒中"反叛"出去的：他早期的两部代表作品《威利老爷的城堡》和《卡瓦诺家的磨坊》受到新批评派的影响，属于现代主义作品。

这种从现代主义到后现代主义的跨越，在诗歌形态上最为突出的特征是从文化的一元到多元。当然，在现代主义时期，也有不同风格和流派存在，但总有一种占据主导地位。到了二战后，这种局面得到了扭转，不仅风格流派明显增多，而且在诗学观上相互对立，各领风骚，置身其中，会像王献之所说的那样，有行走在山阴道上的感觉：山川自相映发，使人应接不暇。我们看到，传统的宏大叙事被代之以日常性，作家和诗人们的创作形式和手法更加自由灵动，写作的随意性也得到了加强，诗歌更加接近于生活常态，不再是阳春白雪，对独创性的追求取代了既有的创作规范。

在这本书中，我选择了十四位具有代表性的诗人加以介绍。首先，他们对二十世纪美国诗歌的发展都产生过重大影响，或形成了自己的风格和流派；其次，他们在诗艺上都相当出色，有可借鉴之处。我始终认为，一个诗人应该负起的首要责任就是要在诗艺上做出贡献。任何一位优秀诗人，在写作上除了内容深刻，重要的就是在形式和技法上有其独到之处。离开了这些，我们只能说他充其量是一位二流诗人。还有一点，也是很重要的，即他们都是我所喜欢和熟悉的。但限于篇幅，所能选择的远没有遗漏的多，这也是没有办法的事情。在内容上，我采用了描述性的写法，除了简述诗人们的个人经历，也涉及他们的创作特色并分析他们的一些作品。这就有些像一个景区的导游指南，虽然不能替代景色本身，却多少能提供一些线索，帮助你更好地去寻找和欣赏自己感兴趣的内容。如果这些粗疏的文字能够起到某种导游的作用，引领读者一览胜境，我便是得偿所愿了。

感谢刘春先生，是他的热心和努力使这本书得以和读者见面。书中一定有很多疏漏和讹误之处，希望能够得到读者的批评和谅解。

目　录

Contents

001　艾略特与《荒原》

027　埃兹拉·庞德的漂泊之路

043　弗罗斯特的林中路

059　威廉斯的红色手推车

079　斯蒂文斯的坛子

109　毕肖普的地理学

133　洛威尔与自白派诗歌

157　普拉斯的钟形罩

177　加里·斯奈德与禅宗

195　勃莱的深度意象诗

209　奥哈拉的城市风景

223　阿什贝利的自画像

239　米沃什：时代的见证人

259　布罗茨基的贡献

（ 1 8 8 8 — 1 9 6 5 ）

T. S. ELIOT

艾略特与《荒原》

一

艾略特在文学史上具有三重身份。首先他是位诗人，他的长诗《荒原》开创了一代诗风，引领了欧美现代主义诗歌的风潮。作为批评家，他是英美新批评派的代表人物。他的文学评论在西方文学界赫赫有名。除了诗和文论，他也写过几部诗剧，因此他的第三个身份是剧作家。但诗剧主要是诗，然后是剧，而艾略特的诗本身就具有戏剧结构，所以他写诗剧算得上是轻车熟路，很讨巧。说一件有趣的事，百老汇最著名的音乐剧《猫》曾几次来中国演出，轰动一时，人们在欣赏精彩演出的同时，大约不会想到，这出剧是根据艾略特创作的一组儿童诗《老负鼠的猫经》改编的。

当然如果艾略特还活着，想来他是不会同意把他的名字和这出剧联系在一起的。他是学院派诗人，用今天的话讲，是社会精英，而百老汇的戏剧虽然精彩，但毕竟属于大众文化范畴。再说，艾略特也写过非常出色的诗剧，如《大教堂凶杀案》等，不去赞美他的这些创作，而只是称道《老负鼠的猫经》，无异于在一个绝色美人面前，只是夸奖她的脚趾头长得漂亮。

艾略特推崇的是一种近乎智性的写作。他重视经验，强调象征，而压制情感的表达。他延续了波德莱尔、马拉美、瓦雷里和叶芝等人开创的象征主义传统，和叶芝、里尔克等人被归为后期象征主义。象征主义是对浪漫主义的一种反动。浪漫诗歌张扬个性，注重在诗中体现强烈的情感，一度为诗歌带来一种新的风气，比如华兹华斯、柯勒律治、拜伦、雪莱和济慈，都写出了非常杰出的作品。但时过情迁，流弊所至，抒情变成了滥情，新鲜的方法成为老套，诗歌中充斥着无病呻吟，自怜、自恋，就未免让人反感。鲁迅先生在一篇文章中就对类似无病呻吟的做法做出嘲讽：吐半口血，让侍儿扶着去看秋海棠。或者干脆就是：哎呀呀，我要死了。所以后起的象征主义走的是另一条路子，不是直接去描述思想感情，而是通过具体物象来暗示。这就是象征，即以物寄托，言在此而意在彼。艾略特有过一段非常有名的话，曾经无数次被人引用。他说诗歌不是感情的喷射器，而是感情的方程式。喷射器大家都知道，直截了当，溅得你满身都是水。而方程式就不是一眼能够看明白的，需要运算，需要用心来想。当然这只是一种比喻。强调智性，压抑情感，并不意味着完全取消情感。诗歌，甚至所有艺术，都不可能完全摒弃情感，问题在于如何处理这些情感。正如艾略特所说："诗歌中有一种反常的错误就是拼命要表达人类的新情绪；而就在这种不得法的寻求新奇中发现了偏颇。诗人的任务不是寻求新情绪，而是要利用普通的情绪，将这些普通情绪锤炼成诗，以表达一种根本就不是实际的情绪所有的感情。"[1]

艾略特还挖掘出十七世纪玄学派诗歌。玄学派是十七世纪一些英国诗人开创的。本来算不上什么流派,但他们的诗中有一种强调智性、追求奇思妙喻的共同取向,所以后来被称为玄学派,他们的诗歌也被称作玄学诗。所谓玄学诗机巧、理智,甚至会显得晦涩,在文学史上评价并不很高,但经过艾略特等人的大力鼓吹,湮没已久的玄学派诗人开始受到重视。

艾略特认为诗歌应该表现复杂的经验:"诗是很多经验的集中,由于这种集中而形成一件新东西,而对于经验丰富和活泼灵敏的人说来,这些经验也许根本就不算是经验;这是一种并非自觉的或者经过深思熟虑所发生的集中。"[2]

说到很多经验的集中,正是现代诗歌的一个特征。时代的种种问题集中在一起,使经验具有了复杂性。这也就解释了艾略特的诗歌,或许也包括很多现代派诗歌晦涩难懂的原因。

二

艾略特全名托马斯·斯特恩斯·艾略特,1888 年生于美国密苏里州的圣路易斯。他祖上是英国人,十七世纪移民到北美。记住这一点很重要,因为艾略特一生中大部分时间住在英国,后来

---

1 (英)T.S.艾略特:《传统与个人才能》,曹庸译,载《托·史·艾略特论文选》,上海文艺出版社,1962。
2 同上。

又加入了英国国籍。他在著名诗篇《四个四重奏》中还追怀了自己的祖居地——东库克，1965年艾略特去世后，按照遗愿，他被葬在了那里。国内一些年前流行过寻根文学，看来艾略特比他们早了几十年。

艾略特是家中最小的孩子，从小就显示出过人的聪颖。他十岁进入史密斯学院，这个学院被视为华盛顿大学的预科班，据说他在那里学习了希腊文、拉丁文、法文、德文、英文和远古史。那时他就接触且喜欢上了诗歌，并试着写作。十八岁的那年，艾略特考进了哈佛。年轻的艾略特英俊漂亮，同时书生气十足。有一次他喝醉了，走出俱乐部时一头栽进一个年轻人的怀里。这样的事在艾略特那里大约很少出现，因为他一向行为拘谨。事后人们开玩笑说艾略特酒醒以后一定会羞愧得要死，但事情并不是这样，他们两个人竟然成了朋友。这个年轻人叫康拉德·艾肯，日后也是一位著名的诗人。

在大学最后一年读硕士学位时，艾略特遇到了对他产生重要影响的两位老师。一位是哲学家乔治·桑塔亚纳，他的名字想来很多国内读者都熟知。艾略特选了他的"历史发展进程中的社会理想、宗教艺术与科学"，想通过这门课程，让自己的知识更加系统和条理化。另一位是欧文·巴比特，他的名字在《鲁迅全集》里经常可以看到，但被诗意化地译成了白璧德。巴比特把古典主义与卢梭的滥情主义对立起来，他认为浪漫主义滥用感情，像一条毒蛇一样破坏了经典的传统原则。而反对滥情主义及极端个人化也正是日后艾略特的主张。当然这并不一定完全是受到巴比特的影响，因为反浪漫主义是当时的潮流所在，巴比特顶多起了推动的作用。

武侠小说中大侠们的武功都有门派，诗歌同样也有传承。了解了一个诗人的诗歌传承，即受到谁的影响，向谁学习过，对他写作的路数就会有一个起码的把握，就像我们知道了谁是某某大侠的师父，就会知道他用什么兵器，会哪些武功了。艾略特的诗歌传承非常复杂，但我们可以知道，除了玄学派诗歌，他受到的最为直接的影响来自法国的拉福格。

拉福格是法国象征主义诗人，1908 年艾略特在图书馆里找到了一本亚瑟·西蒙斯的《文学中的象征主义运动》，其中就有一章是关于拉福格的。有趣的是，他最先是对拉福格的人感兴趣，然后才是拉福格的诗。书中描写拉福格的性格与艾略特十分相近，正如一位艾略特的传记作者所说，"他从另一个人身上清楚地看到了自己"[1]。

拉福格沉默寡言，一丝不苟，言谈举止、衣着装扮都恰到好处。最重要的是，面对世界从不改变自己的姿态。这些和艾略特都非常相像。另外，书中还说拉福格"强烈地意识到日常生活"，"取材于病态的现代人及其衣着和感受"，显然更能激起艾略特的强烈兴趣。这两点，在读惯了现代诗歌的我们是司空见惯了，但在当时是一种大胆的观念，令人耳目一新。据说艾略特迫不及待地订购了三卷本的拉福格的《作品全集》，在很大程度上接受了

---

1 （英）彼得·阿克罗伊德：《艾略特传》，刘长缨、张筱强译，国际文化出版公司，1989。

拉福格的影响。

　　艾略特的个人生活并不幸运。他的生活一度窘迫，他的朋友庞德等人曾经想发起一个活动，为艾略特捐款。在娶了第一任妻子维芬后，他的婚姻也陷入了困境。维芬有些神经质，常常会歇斯底里，身体也不好。这显然加重了艾略特的负担。他被这一切拖得精疲力竭，直到三十年代中期同维芬分手，情况才有所好转。有一部影片叫《汤姆和维芬》，就是讲述艾略特和维芬的不幸婚姻。影片的结尾是艾略特成名后，在电台朗读长诗《荒原》，而住进精神病院的维芬听着，满脸泪光。在1921年，经历了一战之后，世界经济处于衰退期，社会混乱，加重了艾略特的绝望情绪，他处于精神崩溃的边缘。正是在这样的时刻，他写下了最著名的长诗《荒原》（1922）。

　　谈到《荒原》，不能不提到另一位著名的诗人庞德。庞德被誉为"二十世纪文学的保姆"，帮助和提携了很多作家和诗人，如叶芝、乔伊斯、刘易斯、海明威、艾略特、弗罗斯特等。这些都是二十世纪文学中最为耀眼的人物。艾略特前期最为成熟的诗作是《普鲁弗洛克的情歌》（1910—1911），这首诗运用了戏剧化的手法，通过一位虚构的人物普鲁弗洛克的内心独白展示出现代人精神上的麻痹、彷徨与无助。他的朋友艾肯对这首诗推崇备至，拿给一位出版商，而出版商看后只是说"这绝对是疯了"，把稿子退了回来。当1914年艾略特到达伦敦时，艾肯极力劝说艾略特去见庞德，那时庞德已经出了五部诗集，有着很大的影响力。艾略特迟疑了好久，才去拜访庞德。见面后，庞德要艾略特拿些诗给他看，当看了这首诗后，庞德说自己从没见过这么好的东西。他当即把诗寄给芝加哥的一份很有影响的刊物——《诗刊》的主编芒罗，让她发表，还把艾略特介绍给一些美国作家。

有趣的是，艾略特开始并不喜欢庞德和他的诗，庞德却对艾略特关怀备至。《荒原》的最初名字叫《他用多种声音朗诵刑事案件》，后来才改成现在的题目。这首长诗完成后，艾略特把手稿拿给庞德看，庞德看后写信给他说："恭喜你，小子，我简直妒忌得要死。"

这大约是一位艺术家向他的同行所能表示的最高程度的喜爱了。这使我们想到普希金在完成一首诗作后，拿给一位朋友看，朋友看了说，你可以去死了，因为再也写不出这么好的诗来了。而当一位音乐家的妻子拿着扇子请另一位音乐家在上面题字，那位音乐家写了前者的一个旋律，然后又写了一句话：但愿是我所作。看来文人相轻并不是一个铁律。

艾略特有一个很有名的观点：艺术并不是越新就越好。他的原话我记不太清楚了，大意是说，不能说现代人写得就比荷马好，后人写得比现代人好。一个人的创作也是这样。在创作达到了高峰期之后，就会开始衰落。当你写出了你所能写出的最好的东西，再写也只能是次好的了。晋代大书法家王羲之在一次兰亭集会中，乘着酒兴，写下了被后人誉为"天下第一行书"的《兰亭序》，后来他试着再去写，却怎么也赶不上原来的那篇东西。

《荒原》得到了庞德的高度评价，但事情不止于此，庞德还把这首长诗进行了大段的删节，虽然删去的不乏精彩的章节，但使全诗意图更加明显了。庞德直觉地把握了艾略特的意图，甚至可以说他比艾略特更加清楚这首诗的创作意图。

《荒原》取得了空前的成功，说这里面有很大一部分是庞德的功劳并不为过。庞德的删削"赋予了原文原来不具备的结构"（《艾略特传》），难怪在诗的开头，艾略特把这首诗题献给庞德，并称他为"最卓越的匠人"。

二十年代中期，艾略特加入了天主教，成了一名天主教徒。在《荒原》之后，他还写了诗歌《空心人》《灰星期三》《阿丽尔诗》、诗剧《大教堂凶杀案》等。他的后期作品《四个四重奏》极富诗情和哲思，被认为是他的炉火纯青之作。

1948年，艾略特被授予诺贝尔文学奖，获奖原因是"对当代诗歌做出的卓越贡献和所起的先锋作用"。1965年1月4日，他病死在家中，按他生前的要求，葬在了英国东库克的圣米恰尔教堂，墓碑上面刻着他的诗句："在我的开始中是我的结束，在我的结束中是我的开始。"

三

《普鲁弗洛克的情歌》是艾略特早期的代表作品，经常被收入各种诗选中。这首诗同艾略特后来的诗作略有不同，至少表面看上去不是那样晦涩。诗的前面引用了但丁的一段诗，是在地狱的火焰中一个鬼魂对但丁说的话。这暗示着这首诗中的主人公——阿尔弗瑞德·普鲁弗洛克先生处于一个差不多的境遇中。诗的开头是个祈使句：

> 那么让我们走吧，你和我，
>
> 当黄昏向着天空铺展
>
> 像一个病人被麻醉在手术台上；[1]

"我"当然是诗中的叙述者普鲁弗洛克先生，那么"你"又是谁？如果这个"你"是诗中的另一个人物，他在后面却一直没有出现。因此，我们有理由把他看成是读者，是个不确定的概念，当然也包括我和你们。这位普鲁弗洛克先生邀请我们去哪呢？他和我们要在黄昏里走过半清冷的街，走过下等旅馆，走过肮脏的小饭店，原来是去参加一个聚会。那里的女士们走来走去，谈论着画家米开朗琪罗。

米开朗琪罗是文艺复兴时期最著名的艺术家之一，他的名字已成为一种象征，谈论米开朗琪罗，应该是一件高雅的事情。但诗中所描写的场景恰好同米开朗琪罗形成了反差，这就造成了一种情境上的反讽，表明这些女士不过是在附庸风雅，而附庸风雅正是某些中产阶层的特征。而这位普鲁弗洛克先生又将如何？他不光是去做客，而且还肩负着更重要的使命，他是想向其中的一位女士求爱，这也就同这首诗的题目紧紧扣在了一起。

在诗的开头，我们还注意到了"麻醉"这个词，"麻醉"与

---

1 编者按：此诗为作者自译，下文所引诗歌亦是，不再另行说明。

"麻痹""麻木"的意思都很接近，都是表现出一种现代人的精神状态。在艾略特笔下，普鲁弗洛克身处矛盾之中，一方面他想求爱，另一方面又怕遭到拒绝。当然我们可以说他缺少勇气，怕受到嘲笑，但最终不仅是勇气问题，更重要的是，他没有了激情，这里面有自身的问题，当然也有对象的原因：

> 因为我已熟悉了那些胳膊，熟悉她们的一切——
> 戴着手镯的胳膊，白皙而赤裸
> （可在灯光下，有着浅褐色的汗毛！）

这同浪漫主义对女人的描写大相径庭。在浪漫诗人的笔下，一切都被美化了，女人当然更不例外，同样，在中国古典诗歌里，涉及女人，也总是爱用些美好的辞藻来形容，比如，女人的汗是"香汗"，手臂是"玉臂"。杜甫是现实主义诗人，他描写战乱和当时的社会，总是入木三分，但在一首怀念妻子的诗（《月夜》）中，他这样写：

> 香雾云鬟湿，清辉玉臂寒。

诗中形容他妻子的头发像云，手臂像玉，这当然是因为情人眼里出西施，也可以说是月光下的效果。但如果我们想到杜甫妻子当时的年龄，尤其经历过战乱的困苦，就很难把她的手臂同玉联系在一起了。

而普鲁弗洛克这位老先生的眼，竟然看到女人手臂上的汗毛。过去诗中从来不这么写，这就打破了浪漫诗歌的幻觉，当然也打破了人物自身的幻觉。那些女人似乎并不那么可爱。因此，他也在反复地问着自己：这一切是不是值得？

现实不同于幻想，现实要残酷和丑陋得多。幻想在现实面前总是要被打得粉碎。所以，这位普鲁弗洛克先生最终只好以幻想来满足自己的欲望。

就我的理解，在这首诗中，并没有行动，而只有意识。行动只是在意识中出现。普鲁弗洛克只是在想象去求爱的场面，而这种想象又不时地被内心的犹疑和矛盾所打断。这与诗中提到的"麻醉"就产生了关联。

这首诗运用了戏剧中内心独白的手法，有点像意识流，表面凌乱而实则有章法。和艾略特后来的诗作相比，这首诗算不上晦涩难懂，玄学派式的奇思妙喻却屡见不鲜，如：

相连的街道像一场意图阴险的

冗长的争论

把你引向一个无法抗拒的问题……

我用咖啡勺量出了我的生命；

微笑着把这件事情啃下一口，

把这个宇宙挤进一只球，

让它滚向某个让人无法抗拒的问题，

四

《普鲁弗洛克的情歌》写出了现代人的麻木和迟疑，《荒原》则对整个西方文明提出了质疑。在写作《荒原》时，艾略特读到一些人类学著作，在诗中就提到了两部，一部是弗雷泽的《金枝》，另一部是魏士登的《从祭仪到神话》。"荒原"的提法来自《从祭仪到神话》中的传说，相传渔王是地方上的王，他年老患病，原来肥沃的土地变成了荒原。要挽回这种局面，就需要一个少年英雄带着利剑，去寻找圣杯，以此来医治渔王，让大地得到复苏。艾略特以此暗喻西方世界精神的枯竭，就像荒原一样。

艾略特并没有把这个传说加以描述，使这篇作品变成一首叙事诗，而是把它作为一个框架，或内在动机，来重新加以结构。诗的开头就耐人寻味：

四月是最为残酷的月份，从混杂着

记忆和欲望的荒地

生长出丁香，又用春雨

激发着迟钝的根。

这就暗示出荒原的景象。熟悉英诗的人都知道，关于对四月的描写，英国诗人乔叟的诗最为有名，在他的笔下，春天充满了盎然的生机，以至成为后来诗歌中描写春天的典范。然而到了艾略特笔下，春天不再是美好的，而是被记忆和欲望所统治。这是一种颠覆性的描写，带有鲜明的时代特征。而在下一段中，荒原的景色得到了进一步的强化：

　　　　什么根在紧紧抓住，什么树枝长在
　　　　这片乱石堆中？人子，
　　　　你无法说出，或猜想，因为你只是知道
　　　　一堆破碎的形象，那里太阳抽打着，
　　　　死去的树没有荫凉。蟋蟀声没有安慰，
　　　　干燥的石头间没有水声。

　　我们再看另一段：

　　　　虚幻的城市，
　　　　在一个冬日清早的黄雾下，
　　　　一队人流过伦敦桥，那么多，
　　　　我没想到死亡毁坏了这么多人。
　　　　叹息，短促而稀薄，呼了出来，
　　　　每个人的眼睛盯着自己的脚前。
　　　　流上那山流下威廉王大街，

到达圣马利吴尔诺斯教堂，那里报时的钟

用疲惫的声音敲出九点钟的最后一下。

在那里我看见一个人，拦住他，叫着："斯泰森！"

你和我曾经在迈里的船上！

你在去年种在花园里的那具尸体，

是否发芽？今年会开花吗？

还是突来的霜扰乱了它的花床？

　　这是一个经典的现代城市的场景。"我没想到死亡毁坏了这么多人"，原是但丁《神曲》中的诗句，在古罗马诗人维吉尔的带领下，穿过地狱，他看到了一队鬼魂，发出了这样的感叹。

　　原诗是这样的：

我仔细看着，看到一面旗子

在旋动着向前，那么快

似乎片刻也不许它停歇。

旗子后面拖着长长的

一队人，我从来都不曾相信

死亡会毁掉这么多的灵魂。

　　但丁的诗句被艾略特引用，但不是用来形容地狱，而是放在伦敦的背景下，用以暗示现代人虽生犹死，无异于一具具行尸走肉。

尸体发芽也是奇妙的想象。"发芽"一词使我们又一次联想到了荒原景象。而在艾略特早期的一首诗中，出现过这样的句子：

> 沿着人们踏过的街道边缘，
> 我看到女仆们潮湿的灵魂
> 正在大门口绝望地发芽。

现在我们大致知道了，艾略特笔下的荒原意味着什么。在我看来，荒原首先意指人们信仰的丧失。在现代社会，人们盲目地追求效益，从而丧失了精神家园。

第二，荒原代表着欧洲文化和文明的衰退。经过第一次世界大战，不仅经济在大幅度衰退，社会秩序也空前混乱，虚无主义盛行。

第三，荒原也在暗喻传统的消失。艾略特强调传统，他认为传统不是一成不变的东西，而是历史的必然延续。以文学为例，传统与现代共存，当一部作品进入传统，传统就会因之改变。从这个意义上讲，创新正是对传统的丰富。而一旦失去了与传统的联系，就会像传说中的渔王那样，丧失了繁衍的能力。

诗的第二章是"对弈"，"对弈"一词具有多重含意，如争斗、较量、对比，等等。如果我们细读就会发现，这一章主要描写了男女之间的情欲。开头写的是古代上流社会的女人，她们貌似高雅，但小瓶里面的香料暗示出她们精神的空虚和乏味。然后是现代女人，她们或在调情，或在小饭馆里谈论着别人的隐私。

诗中插入了一段古罗马诗人奥维德《变形记》中的描写。一位王后的妹妹被国王强奸，姐妹俩对国王实施了报复后被残暴的国王追赶，分别变成了夜莺和燕子。诗中有这样的一句：

> 不可亵渎的声音充塞了整个沙漠，
>
> 她仍在叫着，世界也仍在追逐，

在原诗中，"充塞"和"叫着"按叙述的正常要求，使用了过去时，"追逐"一词却用了现在时，意味着这些正在发生或继续发生。诗人巧妙地把古代的罪行引入了现代世界。

第三章"火诫"，把我们带到了伦敦泰晤士河边，那是一种狂欢后的衰败景象，在点出一系列具有现代特征的意象如瓶子、夹肉面包的薄纸、绸手绢、硬的纸皮匣子、香烟头之后，出现了一段柔情的慢板：

> 可爱的泰晤士，轻轻地流，等我唱完了歌。
>
> 可爱的泰晤士，轻轻地流……

这两行优美的诗句来自十六世纪英国诗人斯宾塞《迎婚曲》中的叠句，即在诗每一节之后反复出现。艾略特引用这样的诗句，与现代社会的衰退形成鲜明的对比。

不仅如此，这段表现新婚欢乐的诗句还引出了以下的内容：

薛维尼太太和她的女儿，她们显然是在卖淫；一个打字员和一个公司职员的苟合。他们间没有激情，只是在以此打发时光。

而前面章节中的内容又出现在这里：并无实体的城和古代国王的暴行。在这节诗的末尾，诗人引用了佛陀《火诫》的原文"烧啊烧啊烧啊烧啊"，希望能够通过宗教信仰而使人们得到净化和救赎。

我们知道，艾略特后来成了天主教徒，但在这首诗中，无论在这个章节，还是下一个部分，他都充分运用了佛教知识。这一方面显示出艾略特知识的全面（他最初就是学哲学的），也透露了他当时关注的重点和心境。如果一个人认为西方文明整个都垮掉了，那么他还有什么理由相信同样是这一文明的产物呢？

第四章"水里的死亡"只有十行，描写了一个在水中淹死的水手。我们知道，荒原的症结在于没有水，就像前面说的那样，"干燥的石头间没有水声"。那么这里为什么又写到了水？这里的水是生命之源，是一种终结，在这里，一切利害得失都不存在。注意这一句：

> 当他升起又沉下
> 他经历了他的老年和青年时期

浮沉之间，人的一生就这样过去。一切最终都在水下消失。在这里所要表现的是遗忘，带有明显的虚无主义倾向。

第五章"雷霆的话"重新回到了荒原的主题，干涸，无雨，毫无希望。但就在这里，出现了这样的句子：

那总是走在你身边的第三人是谁？

当我计数，只有你和我在一起

然而当我向前察看白色的路

总是有另一个人走在你的身边

裹着褐色的斗篷悄然行走，遮着头

我不清楚他是男人还是女人

——但在你身边的另一人是谁？

　　该如何理解这段诗呢？诗人在自注中说："下面几行是受了南极探险团的某次经历故事启发而写成的（我忘记了是哪一次，但我想是沙克尔顿率领的那次）。据说这一群探险家在筋疲力尽时，常常有错觉：数来数去，还是多了一个队员。"

　　注释说明了诗句的来源，这里要表现的是人在荒原中因饥渴而生出的幻觉。而《圣经》中也提到，当耶稣被钉在十字架上后，他的门徒走在路上，发现他们身边走着一个陌生人，这个人就是复活了的耶稣。

　　那么这第三人是不是耶稣，他是否会使世界得救？艾略特持怀疑态度，因为在诗中，耶稣并没有真的显现。

　　这一章节写得相当有张力，充满了紧张感。在诗的结尾，响起了雷声，打着闪电，一切都在期待中。说到"期待"这个词，我想到了一部神学著作，名字就叫《在期待之中》，作者是法国的女思想家薇依。改造社会，向来有两条路可走，一种是革命，当然最有效也是最直接的手段就是暴力革命，当年俄国"十月革命"走的就是这条路。另一条路是宗教。艾略特显然是反对暴力革命的。他寄希望于宗教，这是因为他更多地着眼于文化，着眼于人类的精神状况。他看到了人类精神家园已经被严霜摧毁，人们变成了空心人，只有肉体而没有精神，无异于行尸走肉。他对这种状况的批判是不遗余力的，着眼点也与别人不同，例如，他的朋友庞德认为，对社会的批判和改造应从经济入手，即改变社会契约的不平等部分。而在艾略特的其他诗中，仍然主张从人的灵魂入手，但依然保持着这种批判的锋芒，如在《小老头》中，他写道：

> 这就是我，干旱的月份里，一个老头子，
>
> 听一个孩子为我读书，等待着雨，

干旱是造成荒原的原因，雨可以滋润人的心灵。这与《荒原》的思想是一致的。而在《空心人》中，他延续着《荒原》的主题：

> 我们是空心人
>
> 我们是稻草人
>
> 互相依靠
>
> 头脑里塞满了稻草。唉！
>
> 当我们在一起耳语时
>
> 我们干涩的声音

毫无起伏，毫无意义

像风吹在干草上

或者像老鼠走在我们干燥的

地窖的碎玻璃上

他甚至悲观地认为：

世界就是这么终结

世界就是这么终结

世界就是这么终结

不是一声巨响而是一声呜咽

据说最后两行诗是被引用得最多的诗句。显然，艾略特不是担心战争会摧毁文明世界，而是忧虑文明自身出了问题，最终导致世界的毁灭。这当然不是艾略特个人的认识，但他以诗人特有的敏感，最先用诗歌来表现这一点。将近一百年过去，战争的威胁仍然存在，人的心灵问题也变得更加窘迫起来。不知艾略特地下有知，会作何感想。

《荒原》没有严格地按照通常的叙事顺序来展示渔王和圣杯的故事，只是保留了传说中的主要事件作为框架，并使之适应现代的内容。

荒原所隐喻的是现代社会和人们的精神世界，这是一目了然的。但很多阅读者会提出这样的问题：在这首诗里，我们根本看不到哪里写了渔王年迈体衰，哪里写了年轻的骑士去寻找圣杯。的确是这样。在这首诗中，渔王和圣杯的传说更多是作为全诗的框架而存在的，这也是作者的聪明之处。一般说来，框架在写作中起到两方面的作用：一是建构作用，即由此组织内容及结构全篇；二是限制作用，可以去掉和省略没有必要的内容。渔王的传说分为两部分，一个是由于生殖力的衰退而导致缺乏生机，使世界变得荒芜，一个是由勇士去寻找圣杯，解除苦难。在《荒原》中寻找圣杯的传说变成隐含的部分，而着力突出了荒原的特点。换句话说，他是用传说的篮子来装自己的菜。

庞德对《荒原》的大段删削使这首诗变得断裂，却无疑使中心更加突出，也强化了诗歌的现代感。断裂产生了跳跃，留给人们更多的想象空间。艾略特把这首诗题献给庞德，不仅出于友情，也是出于由衷的感激。

采用神话或经典作品作为自己作品的框架，是二十世纪作家们惯用的手段。我们如果了解乔伊斯的巨著《尤利西斯》，就会知道，在这部书中，他不是简单、直接地描写现代人的生活，而是将其放入了古希腊神话传说的框架中。

奥德赛在荷马的两部史诗中都有出现。在《伊利亚特》中，他虽算不上主要人物，但也是一个重要角色。他足智多谋，又有些狡诈，比如，他用计把希腊英雄阿喀琉斯骗来参加那场攻打特洛伊的战争，在战争进行了十年，僵持不下时，又用了木马计使特洛伊城沦陷。而在《奥德赛》中，他成了主要人物，他在回家的途中遇到了各种各样的人，比如女巫、独眼巨人、海妖，等等，但他都靠自己的机智战胜了他们，最终回到了家乡。

《奥德赛》可能在文学史上开创了回归和历险的主题，这一人物的英雄本色在这部史诗中才得以展开。而乔伊斯的小说就是与这部史诗的每一章相对应，写的却是现代人琐细而无意义的生活。这显然具有反讽效果。小说写一个叫布卢姆的人在一天内的奔波经历，表现的是卑琐与幻灭，与史诗形成了鲜明的对比。据说，艾略特在写《荒原》时，曾经读到乔伊斯这部书的手稿，这种全新的手法显然为他创作这首长诗提供了启示。

框架决定事物的外观，也限定着事物的内容，更重要的是，它赋予事物以意义，甚至是事物自身以外的意义。用神话或历史的框架来表现现代生活，就使古代和现代有了关联，互相映衬、对比、渗透，从而产生巨大的张力。

此外，以荒原的传说作为框架，无论作品的内容如何繁复零散，都保证了作品不会陷入瘫痪（姑且用这个词吧），所以庞德能够大胆删削，恐怕原因也正在于此。

大量用典也是本诗的一个特色。用典对于熟悉旧体诗的中国读者来说并不陌生。许多旧体诗，如果我们不了解其中的典故，就无法正确解读。艾略特是现代派，他所用的典故可谓是来自五湖四海。他精通好多门外语，又读过很多书，所以用起典来就更加恣意，什么德语、法语、意大利语，还有希腊语和拉丁语，甚至还有几段梵文。有的是直接的引文，有的则经过了一些改动。

有些人用典不过是在卖弄学问，掉书袋。学问多了难免会卖弄一下，这也是文人本色。但艾略特有所不同，他是为了强化诗的效果。对一位好的写作者来说，一切都要服从写好这个目的，也就是武侠小说中所说的杀人剑。你学习武功，目的是克敌制胜，每一招式决定着生死。当面对强敌，你必须全神贯注，集中精力，如果只是玩些花样，耍些花架子，是上不了沙场的，只能是走江湖卖艺而已。写作也是这样，一切都是为了艺术效果，离开艺术效果去炫弄技巧，充其量是一种卖弄。

《荒原》在1937年就有中译本出版，由赵萝蕤译出。赵萝蕤是诗人陈梦家的妻子，也是叶公超的学生。这是应诗人戴望舒的要求而译的。叶公超在美国时认识了艾略特，因此由他来作序。后来赵萝蕤在美国遇见艾略特，当时艾略特已完成了《四个四重奏》，据说他用将军给士兵下命令的口气说："下一步你要把《四个四重奏》译出来。"

五

在《荒原》之后，艾略特最成功也最为炉火纯青的作品是《四个四重奏》，在这部作品中，沉思式的调子和音乐式的结构代替了《荒原》的戏剧性，他对历史与现实、生与死等问题进行了思考，其中时间构成了全诗的主题。在第一首诗中他这样写：

> 现在时间和过去时间
> 也许都存在于未来时间，

而未来时间又包容于过去时间。

假如全部时间都永远存在

全部时间就再也无法挽回。

时间能否挽回？这是诗人所怀疑的。通过回忆和冥思，最终诗人赞美了人们在艺术中力图超越语言模式而达到神圣的爱的境界。艾略特的传记作者彼得·阿克罗伊德在谈到这部作品时评价说："我们看到了一种传统的轮廓。它被漂亮地勾画出来，但在消失前，在灾难性的欧洲战争的警报拉响之前，它却像幻觉一样闪着微光。在这首诗中，形式的工整、规则与内在本质的忧虑、脆弱、雄辩直率与掩盖在这种雄辩下的艾略特个人记忆形成了尖锐的矛盾，正是作者的这种矛盾心理，赋予这首诗以力量。"[1]

艾略特自称是宗教上的天主教徒、政治上的保皇派和文学上的古典主义者。无论如何，由于他准确地表达他对这个时代的感受，从而反映出这个时代，而且在诗艺上开一代诗风，影响了整整一代人，说他是二十世纪最重要的诗人，应该是毋庸置疑的。

1　（英）彼得·阿克罗伊德：《艾略特传》，刘长缨、张筱强译，国际文化出版公司，1989。

EZRA POUND

埃兹拉·庞德的漂泊之路

庞德始终是一个极具争议性的人物，在青年时代就是这样。他早慧，十六岁就进了宾夕法尼亚大学。在读书时，他与后来的意象派诗人希尔达·杜利特尔（H.D.）成为一对恋人，但后者当教授的父亲认为庞德是个流浪汉，成功地毁了这门婚事。这多少说明了庞德在那个时候留给别人的印象。

　　总之，这是个很有个性的人物，狂傲而自信。诗人威廉斯回忆，庞德在上学时到他家做客，一屁股坐在钢琴前为他母亲弹奏。他说庞德弹出了一切，唯独没有音乐。海明威也提到，庞德练习拳击，有一次向他挑战，结果被他一拳击倒。

　　从宾大毕业后，庞德在一所学院当了教师，却因为一件牵扯到个人名誉的事情丢了工作。据说他在街上遇到一位舞女，她来到这里做巡回演出，身上没钱，也没有住处，庞德就为她买饭，并把她带回自己的住处。事后庞德解释说她睡在自己的床上，而自己是睡在了地板上。但房东似乎不太相信他们的清白，告发了他们，校方以有伤风化的理由解雇了他。

　　不知道庞德是否知道中国的那句老话——塞翁失马，焉知非福。这件事情或许促成了他人生的转机。丢了饭碗的庞德动身前往欧洲，开始了他的漂泊生涯。他乘一艘运牲口的船在直布罗陀上岸，后来到了伦敦，当时他身上只有八十美元和一些没有发表的诗。

有人说，庞德除了他所关心的，什么也不关心。他关心的只是政治和艺术，与这两者有关的事情，他无论花费多大的力气也要去做。他成功地促使已经是大诗人的叶芝转变了诗风，帮助艾略特、乔伊斯、劳伦斯和海明威等人成名，看上去毫无嫉妒心。他向《诗刊》推荐了艾略特的《普鲁弗洛克的情歌》后，编辑对诗的结尾并不满意，庞德就一封接一封地写信，拒绝让作者修改，并以停止对这份杂志的支持相威胁；他精心为艾略特修改《荒原》，还想为艾略特筹集资金，以便其能够安心写作；他推荐并促成了乔伊斯的长篇小说《尤利西斯》的出版……但在自己的儿子出生后，庞德只见过一面。他儿子直到后来参了军，成了美国大兵，进驻意大利，才算见到被囚禁的父亲。

庞德二十四岁就出了名，他的样子很招摇。他后来到巴黎时，留着狮子一样的长发，红色的胡子修得尖尖的。他练习拳击、击剑、空手道。

有一则流传很广的逸事，说有个叫艾伯克龙的作家发表了一篇文章，与庞德意见相左，触怒了庞德。庞德说愚蠢是对公众的威胁，于是写信给他，提出决斗。艾伯克龙很害怕，因为他听说庞德武功了得，但按照决斗惯例，应该由被挑战的一方选择决斗的武器，于是艾伯克龙就选择了他们各自没有卖出去的书，互相投掷，终于使这场决斗有惊无险。但这个结尾可能是人们杜撰出来的，为了增加事情的喜剧效果。一种更接近事实的说法是，艾伯克龙确实惶惶不安，因为他相信庞德是位击剑高手，至少与他相比是这样。他去找曾经是庞德老师的叶芝，请叶芝调解，但一打开房门，看到庞德正坐在里面，他就以百米赛跑的速度跑到了伦敦警察局。警察找到庞德，要他离开英国，于是庞德去了巴黎。

　　庞德关注经济学，他有一套自己的理念，由各种不同的理论拼凑而成。今天我们弄清他的这套理论似乎没有什么必要，但我们应该知道他反对高利贷，在某种程度上也反犹太人，尽管他有一些犹太人朋友。更主要的是，他推崇以古希腊和古罗马为代表的西方古典文化。他完全沉浸在自我当中，对外界情况并不真正了解，出于这样的原因，他赞同墨索里尼的政策，认为其代表了欧洲的希望。

　　这导致了二战期间庞德在意大利的电台对美国政府的批评和攻击，也最终导致了战后他被以叛国的罪名逮捕。当盟军占领了意大利，他被关在比萨一个露天的铁笼子里，白天日晒，晚上受冻。后来他获准在里面读孔子的书和写作，还会一个人在里面做着拳击、击剑，或是打网球的动作。他曾一连几个小时观察着蚂蚁和黄蜂。他著名的《比萨诗章》记下了他囚禁的生活和内心的种种感受。

　　由于律师的辩护，法庭认定庞德精神不健全，把他送进伊丽莎白精神病院，毕竟叛国的罪名实在太大，大到可以判死刑。他在里面一住就是十二年。本来他会老死在里面，幸好有一些诗人和作家为他奔走，他才得以和妻子到意大利的梅拉诺附近居住。1972年他逝世于威尼斯。

庞德在政治上是幼稚而无知的，但他表现得相当固执而自信，或者说狂妄自大。这是他犯错误的根本原因。很多否定庞德的人往往拿这一点来抹杀他诗歌上的成就。但博尔赫斯说过，一位诗人的政治观点正确与否与他的艺术无关，他提到了邓南遮和庞德的例子。另一位诗人洛威尔也说，尽管他讨厌庞德的政治观点，但这些东西对庞德是非常有益的，因为失去了这些庞德就会成为一个十足的高蹈派诗人。说到底，庞德的思想是个大杂烩，但正是他的这些杂乱无章的思想，使他写出了像《诗章》这样的巨作。他的骨子里只是个诗人。

说到诗，庞德的诗也算是备受争议。他最早参加过意象派，但很快就退出了。他早期的诗带有古罗马诗歌的痕迹。后来他接触到中国古典诗歌，为此痴迷，除了翻译，还把中国诗的意境运用到他的诗章中。他的《诗章》洋洋大观，里面不乏精彩的章节，但有些地方也不免稍嫌芜杂。

庞德一直保持着鲜明的个性。在他的晚年，年轻诗人唐纳德·霍尔去采访他，他给对方留下了深刻的印象："走路时那种昂首阔步的气势，配上那顶大帽子，粗手杖，飘荡的黄围巾以及斗篷式的大衣，仿佛一头雄狮君临拉丁广场。"[1] 但这种自信并非总是在庞德身上，他有时会很悲观，毕竟他一生中有着太多的坎

---

[1]（美）埃兹拉·庞德：《与青年诗人唐纳德·霍尔的对话》，单德奥译，载王家新、沈睿编选《二十世纪外国重要诗人如是说》，河南人民出版社，1992。

坷。他在重获自由后，曾写信给艾略特，怀疑自己作为一位诗人的价值。艾略特马上发电报给庞德，说当代的诗人都受益于他。两个月后，艾略特又写了封长信，劝庞德坚信自己的成就，并安慰了他。

在我看来，庞德的创作实验性很强，他的抱负实在太大了，以至于写作的内容过于庞杂。他由此受到人们的重视，也被一些人诟病。他对现代诗歌的影响和贡献同样表现在他对其他诗人的支持和帮助上。尤其值得一提的是，他对中国古典诗的大力翻译和介绍在一定程度上改变了美国诗歌的走向。在和哈金谈起庞德的创作时，他说的一番话很值得玩味。他说庞德是一个不幸的例子。人们根本不读他的《诗章》，带有讽刺意味的是，他被人们记住主要是因为他翻译的李白的《长干行》。他的《诗章》过于庞大以至于无法做到精致，它混杂了所有事物。他的口号是"日日新"，这种一味求新误导了他，正确的方式应该是"日日好"。

无论对庞德的看法多么不同，但有一点是所有人都承认的，就是庞德对诗歌艺术的忠诚、雄心和抱负以及不遗余力的推进。也许正是对他的这些争议进一步增强了他的魅力和神秘感。我们称庞德为"漂泊者"，不仅因为他终其一生都在漫游（伦敦—巴黎—威尼斯），而且从未放弃精神上的探险，就像荷马史诗中的那位尤利西斯一样。事实上，在他鸿篇巨制的《诗章》中，他与尤利西斯合为一体，成为诗中主要的叙述者。

庞德流传最广的诗歌当是《在地铁车站》了。这首诗很短，短到只有两句：

　　在人群中这些面孔的闪现；
　　潮湿的黑色枝干上的花瓣。

　　这首诗最初并不是这个样子。据庞德回忆说，三年前他在巴黎的时候，一天在协约车站走出地铁车厢，"突然间，我看到了一个美丽的面孔，然后又看到一个，然后是一个美丽的儿童的面孔，然后又是一个美丽的女人"。这景象打动了庞德，他想找出相关的文字来表达那种瞬间的感觉，他写了三十行诗，但并不满意，于是毁掉了。半年后，他又写了十五行诗，仍然表达不出那种突发的情感。一年后，他接触到日本的俳句，得到了启示，于是他写出了上面的句子。
　　这是一首意象诗，与当时兴起的意象派诗歌是一致的。诗中去掉了说明性的内容，而让意象自身直接呈现，意象由此具有了独立的功能，使意义向外辐射并变得强烈起来。另外，诗中存在着意象的叠加，这在中国古典诗歌中很常见，也影响到日本的俳句。在俳句中，我们经常可以读到这样的句子：

　　砍下一棵树
　　看着切口——
　　今晚的月亮。

海变暗了——
野鸭子的叫声
黯淡的白。

　　我们看到，诗中把毫无关联的两个意象叠合在一起，并去掉了句法上的联系和说明（最明显的例子是不带动词），直接诉诸感觉，以期造成一种突兀、新奇的效果。"人群中这些面孔"是一个意象，而"黑色枝干上的花瓣"是又一个意象，两者叠加在一起，意义就产生了。黑色枝干或许在比喻铁路或地铁站中的通道，而花瓣与人的面孔相互对应。但二者去掉了句法上的联系，两个或更多意象在形式上是平等的，都是主体，而不是一个依附或受限于另一个。二者叠加后产生的意义是在读者阅读时自主完成的，结论的得出依靠于读者（尽管经过诗人精心而巧妙的引导），这就带来一种智力上的愉悦。另外，我们在阅读时，会感到这首诗既具体又抽象。说具体，是因为我们都清楚诗人描写的是在地铁车站见到的场景和人群中的面孔；说抽象，则因为它是流动的，变幻的，瞬间的。如果我们熟悉西方现代绘画，就很容易找出类似的介于具象和抽象之间的作品，比如克利的一些创作。这也许正是庞德刻意寻求的效果。
　　庞德早期的诗并没有完全摆脱浪漫主义的影响，但他确实在追求一种新奇的效果。《少女》一诗是他写给最初的恋人、意象派重要诗人希尔达·杜利特尔的，诗中没有明喻，而是把树和少女糅合在一起，写树也是写少女：

树穿过我的手掌，

树液升上我的手臂，

树在我的胸膛生长——

向着下方，

树枝从我体内长出，像手臂。

你是树，

你是青苔，

你是微风下的紫罗兰。

你是——这么高——

一个个孩子；

所有这些都被世人当作愚蠢。

在《合同》一诗中，我们看到了庞德对待以往诗人和传统的
态度：

我和你订个合同，华尔特·惠特曼——

我憎恨你够久了。

我走向你像一个长大的孩子

他有着一个顽固的父亲；

现在我大得足够交朋友。

是你折断了那棵新的树木，

现在是时候雕刻了。

我们有着共同的汁液和根——

让我们之间做个交易。

　　庞德道出了自己对于文学前辈矛盾而又复杂的心情，既恨又
爱。他之所以憎恨惠特曼，只是因为前者是他文学上的父亲，而
后辈作家难免有一种"弑父情结"。这种情结或许只是出于一种
本能的反抗，也说明自己还不够强大，在强大的父辈前感觉受到
了压抑。但现在他已长大成人，可以走出笼罩在身上的阴影，平
等地和父亲对话了。诗的题目叫"合同"，合同是一种契约，多
出于商业行为。把一个词放入陌生的、不适当的语境，无非有两
种情况，一是用词不当，二是借用它的含义来进行比喻。这就为
这首诗奠定了基调，他是在和惠特曼进行一种平等的交易："是
你折断了那棵新的树木，/现在是时候雕刻了。"这意味着诗人自
认为完全有能力继承前辈的文学遗产并将之发扬光大。

　　我们还应该看到，说到憎恨，在诗中更多是一种衬托，实际
上表现出了对惠特曼的赞美。毕竟，能让后辈"憎恨"（而不是
无视）本身就意味着是一种强大的存在。

　　庞德无疑是位天才。他十四岁时（或者更早）就开始写诗，
有着突出的个性和强烈的热情，这些都是写作的先决条件。但人
们往往忽略了他另外的方面：善于学习。他从古罗马诗人那里学
到了机智和讽刺；他在《诗章》中大量使用插入语和典故或来自
艾略特，或出自他本人，但无疑他要走得更远。最重要也是最明

显的例子是，他通过翻译中国古典诗歌丰富了他的诗艺。庞德据说是先接触到日本俳句，然后才接触到中国古典诗歌的，而中国古典诗歌使他入迷，并由此促成了他的翻译和对中国文化的喜爱。正如女作家梅·辛克莱所说，对庞德"所有起作用的异国影响，以中国诗人的影响最为有用"。

提到中国古典诗歌对庞德的影响，应该提到两个人和一本书。了解中国古诗英译的人一定不会对亚瑟·韦利感到陌生，因为很多中国古诗都是经他之手译成英文的。韦利是一位汉学家，他从剑桥毕业后被大英博物馆聘用，整理中日绘画。这份工作促使他学习了中文和日文。中国绘画使他喜爱上中国文化，包括古典诗歌。他开始把中国古诗译成英文。1916年，他完成了《中国诗一百七十首》的翻译，却无法出版。在朋友的赞助下，他自费印了一百册。当他把书送给一位著名评论家，得到的回报是嘲笑。幸好他也给了庞德一本，于是庞德和他成为朋友，还把当时还没有成名的艾略特介绍给他。三个人每星期都要在伦敦的索和区见见面，喝一杯咖啡。

另一位是欧内斯特·芬诺洛萨。这位东方学家名气和成就更大，对庞德的影响也更加深远。庞德并没有见过他，芬诺洛萨在庞德到达伦敦前就已死去，是他遗留下的笔记对庞德产生了影响。这说来颇有传奇性，就像中国武侠小说中写到的某位后生无意间得到前人留下的武功秘籍而成为一代宗师。芬诺洛萨生前就中国和日本诗歌做了大量笔记，这些笔记杂乱无章，他的遗孀找到庞德，把这些笔记交给庞德，本意是希望庞德能够帮助整理润色。这对庞德来说却是一个意想不到的收获，就像是阿里巴巴得到了山洞中的宝藏。这些未完成的译诗经庞德筛选、整理、改译后出版，名曰《神州集》。

从此，庞德对中国文化痴迷。在他的努力下，翻译和借鉴中国诗在美国诗坛形成了一种风气。可以说，意象派诗歌的一个重要资源就是中国古典诗，而庞德，无论在他早期的诗作中，还是在晚期洋洋大观的《诗章》中，都可以看到中国诗乃至中国文化的影响。如：

> 为七座湖而写，
>
> 不知谁的诗句：
>
> 雨，空旷的河，一次航行，
>
> 来自冻云里的火暮色中的大雨
>
> 茅屋檐下是一盏灯。
>
> 芦苇沉重，低垂；
>
> 竹林的语声好像哭泣。
>
> 秋天的月亮，山从湖中升起
>
> ——《诗章》第 49 首

这是创作，也是翻译。事实上，他的翻译也是创作，因为他在英译中加入了自己对诗歌的审美和理解：

The rustling of the silk is discontinued,

Dust drifts over the court—yard,

There is no sound of footfalls, and the leaves

Scurry into heaps and lie still,

And she, the rejoicer of the heart is beneath them:

A wet leaf that clings to the threshold.

——*Liu Ch'e*

这首诗是根据汉武帝的一首诗译写的，原诗是：

罗袂兮无声，玉墀兮尘生。

虚房冷而寂寞，落叶依于重扃。

望彼美之女兮安得，感余心之未宁！

中国古人的情感经由庞德的手，具有了现代气息。最后一句并非原诗所有，却是一个动人的意象，起到了统摄全篇的作用。

庞德最有名的翻译要数《长干行》了。这本是李白的一首五言古风，到了庞德的笔下，却演绎成了一首清新的现代诗。这既是翻译，也是创作，比起那些死译而损害了诗意的译文不知要好上多少倍。

迄今为止，《诗章》是人类诗歌史上最宏大，也是最蔚为大观的诗歌作品。这些诗作的写作时间跨越五十五年（1915—

1970），加上结构庞大，内容广泛，被称为人类历史和文化的百科全书。《诗章》中有一部分是在比萨的牢房中完成的，因此也被叫作《比萨诗章》，据说，这是庞德《诗章》中最出色的篇什。

《诗章》从好的方面说是包罗万象，庞德具有雄心和抱负，想要通过诗歌来构筑一个世界；但从坏的角度看，这些诗写作时间跨度太长，内容驳杂，再加上大量的引文（远远超过艾略特的《荒原》），对普通读者来说，无异于天书。除了不同的语言，还有大段的哲学、经济学和孔子的语录，时不时地还要嵌入一些汉字，有的章节还加上了五线谱，让人目不暇接。

庞德和艾略特有很多相同之处，比如，他们都具有世界眼光，而不愿把作品的题材局限于某一民族或区域。另外，他们都十分推崇古典诗歌，而且都在诗中大量用典。但艾略特在写作上要更纯粹些，形式和结构更为严整，更接近于古典主义，而庞德的形式多是开放式的，天马行空，有些接近浪漫主义，尽管他和艾略特一样，是反对浪漫派创作的。艾略特诗中的场景几乎都是现代城市场景，灰色而阴暗，而在庞德的笔下，则有着带有中世纪风味的对自然的抒写。在性格上，庞德极为自信，甚至刚愎自用，艾略特却显得迟疑而谨慎，他"在三十多年的时间里只和同一个裁缝、同一家烟草店、同一位酒商打交道。……样样事情都有个固定的时间：吃饭的时间，谈话的时间，写作的时间"，甚至他的谈话也"不慌不忙，很有克制，讲话时几乎不做任何手势"。[1]庞德甚至戏称他为"老负鼠"。据说，当叶芝到威尼斯去看望庞德，庞德曾对他大谈经济学，并说叶芝的诗剧《钟楼王》是

---

1 （英）彼得·阿克罗伊德：《艾略特传》，刘长缨、张筱强译，国际文化出版公司，1989。

狗屁。而当艾略特获得了诺贝尔文学奖，别人向他祝贺时，艾略特甚至有些忧虑地说："诺贝尔奖是通向一个人葬礼的入场券。没有任何人在获奖后写出过什么东西。"[1]

今天我们可以客观地评价庞德并对他肯定了。他在政治上幼稚但诗歌才华超出常人。

威廉·卡洛斯·威廉斯是庞德青年时代的朋友，后来两人之间就诗歌产生过争吵，但他仍然称《诗章》是"庞德逆着我们时代巍然立起的一座纪念碑"。这个评价应该是很中肯的。

1998 年漓江出版社出版了《比萨诗章》中译本，使我们有机会了解这部奇书的全貌。庞德是一位缺乏现实感的作家，他沉湎于自己的虚幻世界里，这个世界是他用各种文字、意象和理论（甚至包括中国的儒家思想）精心营造的。尽管这无法取代现实世界，但对庞德来说，这就是他的全部。

---

1 （英）彼得·阿克罗伊德：《艾略特传》，刘长缨、张筱强译，国际文化出版公司，1989。

（1874—1963）

ROBERT FROST

弗罗斯特的林中路

罗伯特·弗罗斯特是二十世纪美国诗坛中最受公众欢迎的诗人。他成名较晚，经过多年奋斗才建立起自己的声誉。但他的声誉并没有随着他的逝世而停止增长，相反，随着人们对先锋性作品兴趣的减弱，他质朴而睿智的诗风和诗中田园般的景色更加受到人们的青睐。

我就是他声誉增长的一个见证。在二十世纪八十年代前后，我和一些朋友就接触到他的诗歌。最早是发表在《外国文艺》1980年第2期上方平的几首译诗，包括《修墙》《一条未走的路》和《雪夜林中停留》等他的最受人们喜爱的作品，这些诗与我们当时接触到的现代主义诗歌有着明显的不同，后来又通过一些英美诗歌选集读到了他更多的诗。那时人们普遍认为他不过是一个美国本土诗人，尽管很重要，但并不具有世界性。这或许意味着他有着某种地域上的局限，充其量只是一位一流诗人，却不是大诗人。这不只是我的个人看法，也是国内评论界（或许包括当时很多国外评论家）的共识，甚至他受到广泛的喜爱也作为他作品通俗的一个例证。但在经历了现代主义诗歌的洗礼后，诗坛逐渐趋于平静，平稳扎实的诗风开始受到人们的重视，于是弗罗斯特变得重要起来。现在他被理所当然地视作了世界性的大诗人，他在诗坛和评论界地位的攀升反映了近一二十年来人们审美情趣和价值尺度的变化。

弗罗斯特 1874 年生于加利福尼亚州的旧金山。他的父亲在南北战争时参加过李将军的军队，被俘后被遣送回家，在一家报社工作，后来还参加过议员竞选，但最终失败。弗罗斯特文学上的教育来自母亲。他很小时就听母亲讲圣女贞德以及《圣经》故事，还有一些神话和童话。喜爱诗歌的母亲还为他朗读莎士比亚、爱伦·坡、爱默生、彭斯、华兹华斯、拜伦、丁尼生等人的作品。他十一岁时，父亲因肺病死去，第二年，全家就搬到了新罕布什尔州的塞勒姆迪波。母亲在当地的学校教书，继续对弗罗斯特进行早期文学教育。1891 年，弗罗斯特通过了哈佛大学预考，还在校刊上发表了诗作。但不久妹妹得了伤寒住进医院，他只好退学，挣钱养家并照顾妹妹。他接手母亲无法管理的八年级，在几个星期内就鞭打了好几名学生，并因此辞去了教职。后来他在一家毛纺厂找到了一份工作，每天要做的只是换换天花板弧光灯里的灯丝，于是他用空余时间研读莎士比亚。此后他还做过其他工作，但一直坚持写诗。1897 年他考入哈佛，两年后他离开哈佛，在马萨诸塞州办起了家禽饲养场。后来祖父在新罕布什尔州为他买了三十英亩的农场，他白天担负起农场的主要工作，晚上就在餐桌上写诗。但无论他多么努力地写作，却一直没有在诗坛建立起影响。

1912年，弗罗斯特带着全家来到英国，在伦敦以北二十英里的地方租了一间小屋住下。他同诗人爱德华·托马斯成了好朋友，后者参军后不幸阵亡，过早地结束了年轻的生命，第二年，有人介绍他认识了庞德，在日后的一篇访谈中他提到了两人见面的情形。当他犹豫了一段时间后，终于拿着庞德的请柬去见庞德时，庞德问他有没有诗集出版，正好当时他的第一部诗集《男孩的心愿》在伦敦找到了一家出版商出版，他说刚好出来，不过还没有看到样书。

庞德就说，好吧，我们去取一本。

于是他们来到了出版社，但只拿到一册样书，弗罗斯特刚想看，却被庞德一把抢过，翻看起来。然后他对弗罗斯特说，你回去吧，我要为这本书写篇评论。果然，几天后庞德的评论就问世了。这一情景是后来弗罗斯特回忆的，显然对当时的场面进行了戏剧化的处理。但事实上，弗罗斯特确实因这部诗集得到了广泛的声誉，而庞德在助他成名上也起到了关键作用。

总之，弗罗斯特开始得到了承认。大诗人叶芝甚至对庞德说，这是"很久以来在美国写出的最好的诗"。此后，弗罗斯特又出版了诗集《波士顿以北》，这本诗集中他的诗艺更为精湛。当1915年弗罗斯特回到美国时，他发现自己已经声名大噪了。

弗罗斯特一共出版了十本诗集，四次获普利策诗歌奖。除了写诗，他还经常到各地演讲和朗诵。1961年，在肯尼迪总统的就职典礼上，他应邀朗诵新诗，但那天阳光亮得耀眼，他看不清诗稿，于是背诵了过去的作品《彻底奉献》。1963年，他获得了波林根诗歌奖，并于当年以八十九岁的高龄逝世。

晚年的弗罗斯特满头白发，蓝眼睛，目光深邃，给人的印象是略带土气，但和蔼风趣，质朴可亲，俨然一副长者风度。但事实上并不是这样。很多了解他的人对他做过相反的评价。比如，和他有过很多接触的年轻诗人唐纳德·霍尔说他"爱虚荣，为人冷酷，跟什么人都要争个高下"。他说弗罗斯特几十年间在他的心目中的形象，"从一座高大的纪念碑，变成了一个公开的骗子，再变成一个更具有人类的弱点、更复杂的人，因而是一个不能用赞扬或者责备来对待的人"。

的确，在弗罗斯特的幽默风趣后面是尖酸刻薄。他在出尽风头的同时总忘不了挖苦其他人，哪怕是帮助过他的人，或是朋友，显然他容不得别人比他更有名。庞德帮助过他，他因此不喜欢庞德。在为庞德争取获释的问题上，弗罗斯特可以说是出了大力，但更应归功于诗人麦克利什，是他利用了弗罗斯特的影响力，促成了这件事。当有人问起麦克利什是如何说动弗罗斯特的，他说，只要跟弗罗斯特这么说：埃兹拉还关在那里，那家伙太引人注意了。要是我们能让他获释，人们就不会再这样关注他了。麦克利什到底当过助理国务卿，洞悉人性，正是利用了弗罗斯特争强好胜的心理说动了他。

对这一问题我们是否应该这样理解：首先，诗人不是圣人，诗和人要区分开来；其次，正是因为具有了人类的弱点，正是因为在性格乃至人格上更为复杂，他才能够更加洞悉人性，写出充满智慧的深刻的作品。一个温暾水式好好先生是永远无法写出好的作品的。

米沃什对弗罗斯特做出过很中肯的评价，他说弗罗斯特换了一套服装，戴上了面具，把自己弄成一个乡巴佬，一个新英格兰农民，但实际上，他完全是另一种人。这似乎是在委婉地说弗罗斯特有意地把自己塑造成人们喜爱的角色。但问题随之出现，既然弗罗斯特写的是田园式的作品，那么我们强调的现代性是如何体现的？

似乎有两点需要澄清：一是弗罗斯特虽然采用了乡村题材，诗的内容也没有超出新英格兰，但透过这些乡村风物和生活，他是在写自己的人生经验，而且是一个生活在二十世纪的现代人更为复杂的人生经验；二是弗罗斯特在诗中基本上遵守了格律，但他在音韵上做了大胆的创新，同时大量运用日常口语和生活细节，使诗歌在形式和音韵上也理所当然地具有了现代感。这些都显然与传统中描写和谐宁谧的乡村或田园生活的诗歌大为不同。如果说上述两点构成了他诗歌的特色，那么，他诗中另一个更为显著的特色是，尽管他写的是带有田园风味的诗歌，但他确实有意地摒弃了诗意化的内容或描写，既不美化也不矫饰，而从日常生活本身发掘诗意。这显然有别于传统诗中对田园风光的描画。

实际上弗罗斯特写的是现代诗歌，且具有多重寓意。正如米沃什所说的，田园风味只是他的一个伪装，在田园景象背后仍然是二十世纪人们所面临的处境。当人们都在把目光集中在城市的喧嚣时，他选择了乡村和田园，这应该是一个很大胆也很聪明的举动，就像他在一首诗中所流露出的那样：

离开我们现在难以对付的一切，

回到因去掉细节而变得纯朴的

年代，烧灼，溶解，破损

像墓园中日晒雨淋的大理石雕像。

　　——《指令》

　　弗罗斯特的诗大体可以分为两大类，一类是叙事诗，情节性较强。另一类是抒情诗，也正是我们这里所要介绍的。我们可以看到，他的抒情也不再是传统意义上的抒情，而是掺杂进某种陈述性的因素。如《雪夜林中停留》：

这是谁的树林我想我知道。

虽然，他的房子在村子里；

他不会看到我停在这里

看他的林子里积满了雪。

我的小马一定会觉得奇怪

停留在附近没有一间农舍的

树林和冻湖之间，

在一年中最黑暗的晚上。

它摇动着挽具上的铃铛

询问是不是出了问题。

此外唯一的声音是掠过的

轻风和柔软的雪片。

这树林可爱、黑暗，又幽深。

但我还有诺言要去履行，

还要赶几里路才能睡觉，

还要赶几里路才能睡觉。

乍看上去，这首诗描写的是典型的乡村景色。背景是森林、湖泊、农庄和村舍，角色是诗人和他的小马。这是冬天的夜晚，下着雪，很静，甚至听得见雪的声音，而树林"可爱、黑暗，又幽深"，因此当诗人乘着马车经过这里，忍不住停了下来，欣赏着大自然的景色，竟然忘了离去。

如果仅仅是这样，那么这只能是一首很优美的诗歌，而不会成为一篇出色的作品。

好的作品，除了要有优美的辞藻和描写，更要有深刻的内涵。没有内涵的诗歌是不可能真正打动人的。

叶芝说过，和别人争论产生雄辩，与自己争论产生诗歌。这句话的意思是诗歌应该包含着矛盾的因素。具有了矛盾因素，才能够产生张力。

诗中的人物无疑是从这里经过，却被这里的景色所吸引。但这里并不是他的最终目的地，他也只能做短暂的停留。他认识或自以为认识这片林子的主人，也知道主人的房屋就在林子那边。

这看似闲笔，其实却很重要，因为这意味着他本可拜访主人，成为这里的客人。但林子的主人显然不知道他经过这里，他似乎也不想让主人知道，因为他不能在这里做过久的停留。

弗罗斯特的诗中，经常写到这样两难的处境。在美和责任间有时必须做出选择。但就个人生活讲，弗罗斯特选择了前者而非后者。而在这首诗中，他站在一个普通人的角度，宁愿赶路也不愿在这里欣赏美丽的雪景。有趣的是，他毕竟还是停下了，尽管是短时间的。这里诗人故意用小马的不解来衬托。它不明白诗人为什么要停下。当然我们知道，诗人流连于雪夜的树林，而中止了行程。他甚至想要进入林子里做深入的探究或更久的停留，但他意识到，他还有自己的事情要做（"我还有诺言要去履行"）。是什么诺言呢？作者没有说，我们也不必知道，无论如何，这构成了一种责任。于是，审美和责任在这里形成矛盾，但诗人最终放弃了他享受美景的想法，因为他还要继续赶路。

正是这种矛盾生发出诗中的哲理性，使抒情诗具有了深度。是的，我们有必须要做的事情，而这些事情往往使我们忽略了身边的美。主人公虽然表现出一定程度上的遗憾，但仍然选择了离开，因为在他看来，责任也是相当重要的。这是一个人的宿命。

这只是问题的一个方面。如果我们细读，仍然会感到以上的解释意犹未尽。因为上面的解释忽略了诗中的象征性。作者说，他之所以停下来，是因为"看他的林子里积满了雪"，而后面又用"可爱、黑暗，又幽深"来形容林子。这就赋予了景物以象征的寓意。雪代表了单纯的事物，林子则属于未知的、深不可测的世界，或者说是神秘的自然。他的第一本诗集《男孩的心愿》中，也写到了林子，那里的林子同样具有象征意义。诗的题目是《进入自我》：

> 我的一个心愿就是那片黑暗的树林，
>
> 那么古老坚实，几乎没有微风出现，

这里的树林显然代表了题目中的"自我"。同样是"黑暗"的树林，两者之间是否有着内在的联系？无论如何，弗罗斯特本可以进去探究一番，但他必须继续赶路了。一连两个"还要赶几里路才能睡觉"，突出了他的急切和两难处境。

当然，也有人把林子解释成"死亡"，这就更加赋予了弗罗斯特的诗歌以形而上的意义。

拒绝进入是弗罗斯特经常使用的主题。在一首题为《请进》的诗中，他这样写：

> 当我来到那片林子的边缘，
>
> 鸫鸟的乐音——听！
>
> 现在如果外面是黄昏，
>
> 里面就是一片黑暗。

> 这林子对于一只鸟实在过于黑暗
>
> 靠灵巧的翅膀
>
> 在这个夜晚改善它的栖息地，

不过它仍然能够歌唱。

太阳最后的一缕光线
已经在西方消失熄灭
但仍然为了一首歌
而残留在鸫鸟的胸中。

远在一道道黑暗中
鸫鸟的乐音继续着——
几乎像一句请进的呼唤
进入黑暗并哀恸。

但不，我出来是看星星：
我是不会进来。
我是说没有受到邀请，
即使受到邀请也不。

　　林子仍然黑暗，但这次是一只鸫鸟在用歌声邀请。"进入黑暗并哀恸"值得玩味，是否它真的像布罗茨基解读的那样，代表了死亡？或者，诗人只是在讲人生境遇中的两难处境，就像在他那首《一条未走的路》中所说的那样？无论如何，作者再一次拒绝了邀请，当然这次他不是在继续赶路，而是要看星星。而看星星看上去就更像是一种借口了。

在《修墙》中，诗人对传统格言所代表的理念表示质疑。这首诗充满风趣，同样渗透着人生哲理。作者在诗的开头就说，似乎有什么不喜欢墙，为什么这么说？因为墙上的石块总是掉下来，裂开了口子，两个人都可以并肩走过。猎人们做得就更过分了，他们掀开墙上的石头，要把藏到里面的兔子赶出来，"讨好汪汪叫的狗"（这个说法相当风趣）。到了春天，他找来了邻居，把两家之间的墙重新砌好：

> 掉在哪边的石头归哪边垒起。
>
> 有的像长面包，有的差不多是圆球
>
> 我们得用一个咒语让它们安稳：
>
> "待在那儿直到我们转过身去！"
>
> 我们搬着它们磨粗了手指。
>
> 唉，只是另一种户外游戏，
>
> 一人在一边。几乎没有什么用：
>
> 它就在我们不需要墙的地方：
>
> 他全都是松树而我的是苹果园。
>
> 我的苹果树决不会过去
>
> 去吃掉他松树下的球果，我告诉了他。
>
> 他只是说："好篱笆造就好邻家。"
>
> 春天在我心里捣乱，而我想知道
>
> 是否能把一个想法放进他的脑中：
>
> "为什么它们造就好邻家？它不是

该在有牛的地方？但这儿没有牛。

在我筑墙之前就该问清楚

我正围进什么，或围出什么，

我可能冒犯的会是什么人。

这里有些什么不喜欢一道墙，

希望它倒下。"我会对他说是"精灵"，

可确切说不是精灵，我宁愿

他自个说出来。我看见他在那儿，

每只手牢牢地抓起一块

石头，像武装着的旧石器时代的野蛮人。

在我看来他走进了黑暗中，

不仅是因为林子和树的阴影。

他不会探究他父亲说过的话，

他更愿满心欢喜地想起它

他再次说："好篱笆造就好邻家。"

"好篱笆造就好邻家"是一句古老的格言，是邻人的父亲传给邻人的，代表着一种传统观念。这句格言在一定程度上有用也有益，因为邻居之间的矛盾很大程度就是由于他们之间的界限不清而引发的。弗罗斯特在一定程度上代表了叙述者的观点，他并不是真的反对墙，而是反对在不需要墙的地方出现墙。世上很多矛盾和冲突恰恰是由于隔膜而产生。最后几行使诗歌得到了升华，他描写那位认死理的邻居捧着石头，就像"武装着的旧石器时代的野蛮人"。那人在黑暗中摸索，但这黑暗并不来自深林与树荫，而是来自精神的蒙昧。

在弗罗斯特的笔下，我们经常可以读到牧场、树林、河流、溪水、落叶、花草、鸟儿这类普通的事物，也可以读到刈草、撒种、修墙、摘苹果这类日常劳作，四季的描写也很分明。这样对日常生活中的细节和琐事进行描述，并将其升华到人生哲理或形而上学的高度，是弗罗斯特诗歌最为显著的特点。正像很多评论家谈到的，他的诗表面上浅显易懂，实际上这是一种伪装，是为了迷惑读者，在他的乐观和风趣后面有着一种阴郁，在这一点上，他与艾略特和庞德似乎没有什么不同。在一首诗中，他这样写：

陆地会有更多的变化；

但不论真理在哪里——

海水向岸边涌现，

而人们在看着大海。

他们没法看得更远，

他们没法看得更深。

但什么时候有过障碍

对于他们不停的眺望？

人们看到的只是事物的表面，这就如同要想真正了解大海，就不能满足于只是在岸上观看，而是要深入其中。看海是这样，体味人生也是这样，欣赏一个人的创作更应是这样。关于诗，弗罗斯特说过一句这样的名言：诗始于快乐，终于智慧。诗要给人带来审美愉悦，但这还不够，还必须带有人生的启示。这一点，从他的诗中可以明显看出。

　　弗罗斯特的诗从八十年代初开始译介到中国，到现在已经有不下十几个译本了。前些年又有他的诗文集出版了，读者可以全面地领略他的创作。但弗罗斯特对翻译并不信任，他说诗是翻译后丢失的东西。对于这句话，有些人不太认可，但弗罗斯特的诗确实不那么好译，他把日常语言用舒缓的语气说出，译得完全口语化，会失掉原有的简洁；译得简洁，又不容易保持原有的语感，很难恰到好处。在弗罗斯特那里，这一切似乎信手拈来：一方面使用娓娓而谈的说话般的语气，另一方面又说得巧妙、精练、幽默而又富于哲理，弗罗斯特的确很不简单。

（1883—1963）

WILLIAM CARLOS
WILLIAMS

威廉斯的红色手推车

一

　　美国导演贾木许在 2016 年拍了一部关于诗人的影片：《帕特森》。这部电影平淡而有意味，主人公和妻子过着一种平静的生活，他每天的工作是开公交车，闲下来就在笔记本上写诗。晚上回到家中遛遛狗，也会到酒吧喝上一杯，和人聊聊天。他的妻子美丽而恬淡，喜爱艺术，一心盼着丈夫能把他的诗印成集子。他就在这样平淡单调的日常生活中捕捉诗意。贾木许也是位诗人，和被称为纽约派的诗人们有一定的渊源。片名"帕特森"，有着三重含意，首先这是主人公的名字，其次这也是新泽西一个小城的名字，是主人公生活和工作的地方，第三，这也是诗人威廉·卡洛斯·威廉斯的家乡，他在晚年写过一首名为《帕特森》的长诗。我想这部影片除了描写一位诗人的生活，也带有向威廉斯致敬的意思。

　　威廉斯与庞德和艾略特年纪相仿，写作也处在同一时期，但在诗歌的观念上截然不同。他反对现代诗中的世界主义倾向，主张建立一种美国本土风格。当艾略特的《荒原》发表后，他不无沮丧地说，这是我们文学界的一大灾难，无异于一颗原子弹，又说，艾略特的天才将诗拱手交还给学院派了（威廉斯认为诗歌与学院是对立的），使建立美国本土诗歌的努力至少倒退二十年。在失落和抱怨中也包含着对对手的肯定。他还和庞德有过一场激烈的论战，称庞德是美国诗歌最大的敌人，尽管他们私底下是很好的朋友。

二

　　威廉斯在宾夕法尼亚大学读书时遇到了庞德和杜利特尔，并与他们结下终身的友谊。他同时喜欢医学和写作，在课余时间也试着演过戏，还一度在选择写诗和画画间犹豫不定。他似乎也很毒舌，在自传中经常提到庞德，有时也忘不了挖苦一番。他说庞德常到他的寝室，一去就朗诵其新写的诗。

　　二十世纪初，威廉斯去了伦敦，和庞德一起住过一段时间，还见到了大诗人叶芝。但他觉得欧洲文学气味太浓，不太适合自己，就回到了美国（这和他提倡美国本土风格的主张倒是一致），在他出生的新泽西州的鲁瑟福德镇做了儿科医生。他一边行医，一边写诗，这两个行当都是他热爱的。

　　威廉斯反对现代主义，并不意味着他排斥现代性。这是风马牛不相及的两个事情。事实上，在威廉斯的诗中，现代因素极为明显，不然他也无法成为对二十世纪美国诗歌产生深远影响的重要诗人。威廉斯反对艾略特等人把整个欧洲文化作为写作传统和背景的努力，固执地坚持建立一种美国本土化的诗歌，尽管目光有些狭窄，也没有真正理解庞德、艾略特等人的用心，但这种偏执在写作策略上未必无效。他的狭窄正好使他在原地掘出了一口井。在创作中，经常会出现一种看似矛盾的现象：作家一方面在尽可能地打破旧写作上的规则，争取到更多创作上的自由，另一方面却在不断地为自己的创作设置限制。而为自己设置的限制越多，写作的特色就愈加鲜明和突出。限制即风格。重要的是，威廉斯的主张得到了一些年轻诗人的响应。他们对浸润已久的学院派风习感到厌倦，想要有更多个性的自由表达，利用本土和日常题材进行写作。正逢其时，威廉斯就自然成为反学院派的先驱而受到推崇，而他的写作实践，也为后来的反叛者们提供了武器。

然而，从威廉斯最早自费印刷的一部诗集（《诗》，1909）中，我们看不到多少他自己的特色，里面是对英国诗人济慈的模仿。当时他崇拜济慈，称之为自己的上帝。这种对后期浪漫诗风的迷恋和模仿既与当时现代派的潮流格格不入，也显然与他后来提倡的美国本土风格相悖。可我们也许可以这样设想，他后来激烈地反对欧洲诗歌，可能正是出于矫正早年"错误"的一种过激举动。当他得意地把诗集寄给在伦敦的庞德时，后者坦率地提醒他这些诗既是仿作又很过时。庞德还开了一串阅读书目给威廉斯。尤其值得一提的是，通过庞德和杜利特尔，威廉斯接触到了意象派诗歌，摆脱了浪漫诗风。依然是庞德发现了他后来诗中的主要元素并给予充分肯定。除了庞德的影响，意象派诗歌中不加装饰的客观性也吸引了他。客观性可以说是威廉斯诗歌的一个关键词，或许还是一个重要的关键词。他不是最早提出这个词的人，也不是最早贯彻这个观念的人，但他是在诗歌客观性上坚持得最为彻底，也是持之以恒的人。

这种客观性也许与他的职业和爱好有一定的关系。威廉斯做了一辈子医生，他一直很忙，据说只能在没有病人的时候用放在办公室的打字机打上几行诗。医生的职业要求冷静而客观，我们不知道他的医术究竟如何，但在他的诗中确实体现出冷静客观的素质，而且效果不错。威廉斯还喜欢绘画，在大学时，他的朋友中就有一位画家——德穆斯，后来还认识了著名的后现代绘画的代表人物杜尚，绘画所要求的准确细致的观察恐怕对他也有一定的影响。这种客观性把准确作为礼物回赠给了威廉斯。谈到准确，威廉斯这样说："词只有当其准确地求助于给予它真实的事实时，它才能获得自由，因而才能表达并从那使其毁灭的合理化中解放出来……"[1]

意大利作家卡尔维诺在哈佛大学的文学讲座中，就曾经称赞过威廉斯："这类的探索中，我是一直记着诗人们的实践的。我想到了威廉·卡洛斯·威廉斯，他描写樱草的叶子细致入微，我们可以在想象中伏在他为我们描述的叶片上的花朵：他就是这样地把这一植物的纤细秀丽赋予这首诗的。"[2]

---

1 （美）威廉·卡洛斯·威廉斯：《想象》，徐慧娟译，载王家新、沈睿编选《二十世纪外国重要诗人如是说》，河南人民出版社，1992。
2 （意）伊塔洛·卡尔维诺：《未来千年文学备忘录》，杨德友译，辽宁教育出版社，1997。

诗人斯蒂文斯也是威廉斯的朋友。但在斯蒂文斯的诗中，我们很少能看到日常经验，更多的是感觉、想象和观念。而威廉斯却对观念感到怀疑。他有句名言：没有观念，除了在事物中。（No ideas but in things.）这句话表明了他的诗歌观念（仍然是观念）。

三

虽说威廉斯受到意象派诗歌的影响，或接受了意象派的诗学观念，但我们不能把他的诗简单地等同于意象派诗歌（这是一种很普遍的误解）。如果是这样，那么威廉斯就不是威廉斯了。我们除了看到意象派诗学观对他的影响，还应该看到，他在很多方面都拓展了意象派的疆域。意象派的疆域本来就不开阔，常常是通过片段的景物和场景来抒写内心瞬间的感觉，威廉斯则不同，他用意象派细致的方法来观照琐细和普通的日常生活和凡人小事，把很多不能入诗的题材写入诗中。他的诗中囊括了很多日常细节，这是意象派诗歌所没有的。他在音韵和节奏上也进行了大胆的尝试，根据呼吸来调整节奏，影响了后来的黑山派。他在开拓美国的本土风格上也是不遗余力，这些给了更为年轻的一代以很大的启示，并由此形成了后来的全新的诗风。

这里不妨以他的两首诗作为例证：

这么多全

靠

一辆红色的手

推车

被雨水擦

亮

在一群白色小鸡

旁。

  ——《红色手推车》

另一首是：

我吃了

放在冰箱

里面的

梅子

这些

或许是你

在早餐时

吃的

原谅我

它们真好吃

那么甜

又那么凉

——《这只是想对你说》

前面一首是写在雨中的一辆红色的手推车，旁边有一些鸡雏；另一首则写一个人吃了冰箱里的梅子，写了张便条表示歉意。这简单得让人难以置信，也许有人会想：难道这就是诗吗？

我们不会相信这些诗真的会像字面那么简单。如果是这样，我们就不会在各种诗歌选本中读到了。显然，它们在简单的字面意思下有另外的含义。先说《红色手推车》。从艾略特等人的诗中，我们了解到象征在诗歌中的作用。《荒原》本身就是一个巨大的象征。但红色手推车象征了什么？如果我对你们说，这辆红色手推车只是一辆红色手推车，它既不代表什么，也不象征什么，你们是否会感到失望？

的确是这样。这首诗只是一首意象派的诗歌，更像是一幅绘画小品，单纯而简洁，里面并没有威廉斯所讨厌的观念。

诗人为我们描绘出色彩鲜明的画面：红色的手推车，旁边是一群白色的鸡雏，两种颜色形成了对照。而这一切都在雨水中闪闪发亮，被统一在一起，使寻常的事物组成了不寻常的画面。

画面很简单，也很美。但画面之外是否还有其他的东西？

首先，通过这个清新的画面，我们似乎能够感觉到诗人的眼光，他的眼光是清新、独特的。

其次，我们也感受得到语言同样清新而独特。也就是说，它带给我们一种全新的观察事物的视角。

诗的节奏也很特别，句子不断地断裂，被拆开并且跨行，造成了停顿，既起伏又跌宕，正如诗人在谈到这首诗时说的："其节奏不过是个片段，却表现出一种无法扑灭的欣喜激情。"正是这种断断续续的节奏感，使人们无法一下子把它读完，而最大限度地留住人们的目光，充分发挥了每个字词的作用。

诗歌在于发现。这种发现并不仅限于意义，也在于对日常生活中平凡事物的发掘，甚至诗意本身。如果能够从平时我们不经意的事物中发现美，发现情趣，那就是一种成功。在这首诗中，诗人正是用一种类似于孩子的眼光惊喜地发现了平凡事物中的美，并成功地把它传达出来。

我们同样不能忽略的是，诗中的第一句"这么多全 / 靠"，"这么多"又代表了什么？当然可以代表很多东西，也许还要包括刚才我们分析的那些含义，这些意思全都要靠这辆红色手推车来承载了。其实，也是靠每一行诗来承载。

这首诗表面上看视觉形象很强，但分析下来，不但诉诸视觉，也同样诉诸听觉，这便是独特节奏所形成的音乐性。

第二首诗从内容上讲是一个真正意义上的便条，看上去是写给妻子或朋友的，只不过分了行。假如我们真的在一张纸上读到这样的话，我们会把它当作一首诗吗？

我吃了放在冰箱里面的梅子。这些或许是你在早餐时吃的。原谅我，它们真好吃。那么甜，又那么凉。

真的只是个便条而已，即使它写得委婉并彬彬有礼。但当威廉斯把它分成行后，展现在我们面前的分明是一首诗。这或许说明了日常事物与诗歌之间并没有一条不可逾越的鸿沟。

　　而从诗的角度看，这首诗展示了一个日常情境，一种经验，具有感官的愉悦。而分行赋予了全诗一种很强的节奏感和韵律感，读起来更像是一首诗。

　　如果我们对现代美术史有一定了解，就会知道杜尚这个名字。正是他，把一件小便器扣过来，加上一个名字《泉》，就使它成为一件有名的雕塑。也正是他，在达·芬奇的名画《蒙娜丽莎》的印刷品上画上一撇小胡子，就使它成为一幅著名绘画。杜尚此举，可能有着一种颠覆性的意图，仿佛在告诉人们，在生活和艺术间并不存在着必然的鸿沟，二者可以相互转换，重要的是你以怎样的眼光观看。事实上，在看似不是艺术的物品中也许存在着艺术的因素，就看你能不能去发现和挖掘。

　　我不知道威廉斯是否受到或在多大程度上受到杜尚的影响，但在这方面他们似乎有着高度的默契。事实上，这首诗现在已经成为结构主义诗学最常引证的一首诗，用以说明形式对一首诗的重要性。

　　现在我们似乎可以概括出威廉斯写作的一些特点：

　　首先，我们看到，威廉斯客观、真实、准确地记录下周围日常生活的细节，这些细节不可避免地被打上了那个时代的印迹。

　　其次，威廉斯的诗看似清晰、简单、易懂，从字面上看也确实如此，但一经细读，就会感到这些在字面上毫无难度的作品，要想真正了解却十分困难。这并不是在有意为难读者，而是他把观念深藏其中，让读者自己去感悟，去理解。

此外，威廉斯在诗中大量运用口语，日常用语，甚至俚语。同样，音律和节奏也带有现代特点，并开启了后来后现代诗歌的一些风格特征。正如丹尼尔·霍夫曼谈到的："威廉斯对他的节奏原则的解释——他称为'美国音乐'，一种没有预先决定长度的三拍子诗行，随着重点的微妙转换而变化。"[1]后来带有浓郁后现代色彩的金斯伯格和奥哈拉等人的一些口语诗都在不同程度上受到威廉斯的影响。

上面提到的是威廉斯诗歌的艺术特征，也是他对诗艺的贡献。

威廉斯的诗在形式上也是很具特点的，他似乎可以看作极简诗歌的先驱了。如他的短诗《槐花盛开》：

就在

那些

绿色的

坚硬的

古老的

明亮的

折断的

树枝间

---

1 （美）丹尼尔·霍夫曼主编：《美国当代文学》，裘小龙译，中国文艺联合出版公司，1984。

白色

甜蜜的

五月

重新

归来

　　这首诗实际上就是一个完整的句子，是对五月的呼唤，也是
对春天的赞美（与艾略特《荒原》中对春天的描写正好相反），
而作者的这种感触是从折断的树枝中感发出来的。为什么五月
要从这里回来？我们看诗的题目就会一目了然。诗题是《槐花盛
开》，我们这样就明白了"白色／甜蜜的／五月"是槐花的指称。
当诗人看到槐花（白色而甜蜜），一瞬间在脑海里联想到了五月。
于是五月和槐花在诗中就合二而一了。

　　由于跨行，每个词都占据了一行，词语被突出，具有了相对
独立的意义，力量得到了加强。这种写法在美国诗人克里利等人
那里得到了继承。

　　威廉斯并不追求外在的诗意化，写得内敛而冷静。他非常善
于摹写事物，对事物的刻画细致而生动，可以说是鲜明如画。如
《寂寞的街道》：

　　　　学校放学了。天气太热

　　　　难以走路。悠闲地

　　　　她们穿着浅色上衣走过街道

消磨着时光。

她们在长高。她们在右手中

握着粉红色的火焰。

从头到脚穿着白色，

……

用粉红色的棒棒糖

触着他们渴望的嘴——

每人握在手中像一支康乃馨——

她们攀上寂寞的街道。

    这首诗不加渲染地写出了青春的快乐并肯定了感官的享受。
诗中的视觉形象非常鲜明。放学后的女孩的动感十足和热闹与寂
寞的街道形成反差，她们手中的棒棒糖被比喻成粉红色的火焰和
康乃馨，不仅形象传神，也富有寓意。

    从《海边的花》中我们可以看到他在诗中并不缺乏优雅的
一面：

当越过繁花照眼草场的

边缘，不可见的，咸味的大海

现出了它的形状——菊苣和雏菊

结紧，松开，似乎不单是花

而且是无休止的色彩和运动——

或更多是形态，然而

> 海旋转并安静地
>
> 摇动，在它植物般的茎上

　　这首诗多少与斯蒂文斯的风格有些接近，也带有某种意念，但这意念仍是从具体事物中引发出来的。大海和花朵，或许因为相邻，它们各自的身上总会有些对方的特质。花朵是色彩和运动，而大海也像花一样在茎上摇曳。

　　这种从事物关系中发现的哲理带给人们很广阔的想象空间。我们不禁想到，作为朋友，威廉斯和斯蒂文斯尽管诗风不同，但不也是同样带给对方以影响？

四

　　作为生活在二十世纪的诗人，威廉斯也有沉郁的，甚至带点阴冷风格的作品。诗集《春天及一切》中的那首同名诗就是这样：

> 在去传染病院的路上
>
> 在从东北方驱赶来的
>
> 蓝色斑驳的
>
> 汹涌云朵下面——
>
> 一阵冷风。远处，

开阔的荒地，泥泞的田野

枯干的野草成褐色，挺立倒伏着

一片片的死水

稀疏的高高的树

路边全是些微红的

略带紫色的枝条直立叉开的

灌木和小树

带着死了的褐色的叶子，它们下面

是没有叶子的藤蔓——

外表上毫无生气，倦怠

茫然的春天迫近——

它们赤裸地进入新世界，

冰冷，一切都不确定

除了它们的进入。它们周围的一切

是寒冷，熟悉的风——

现在是草，明天

挺直卷曲的野胡萝卜叶子

一件件物体被详细说明——

它在加速：明晰了，叶子的轮廓

可现在充满尊严的

进入——然而意味深长的变化

已在它们之上产生：它们抓住的

根在向下扎着，并开始醒来

这是一首描写春天的诗，开头却是"在去传染病院的路上"。这是一种限定式的写法，把对春天的描写放在了一个具体的情境中，就像加上了个取景框，使作品有了一个具体的空间，不至于流于空泛。但为什么在一首描写春天的诗中会出现传染病院？一个可能是实写，因为作者的另一个身份是医生，由于工作关系，他去传染病院，在路上看到春天萧瑟的景色，有所触发，写下了这首诗。另外的可能是，在他的意识中，传染病和春天有着某种共同点。春天正是传染病的高发期，此外，春天染绿了花草树木，就像是传染病一样从一个人传给了另外的人。如果是这样，传染病院就带有了隐喻色彩，意指着我们所处的现实世界。总之，传染病院这个意象的出现，与死亡产生了一种潜在的联系，使全诗笼罩上了一种阴暗色彩。

　　诗中的景物也同样阴暗，诗中展现给人们的是一派早春荒凉萧瑟的景色。

　　我们注意到，这首诗在景物描写上很有特点，不同于以往诗中的泛泛描写，它很少有夸张和虚饰，准确而生动，抓住了事物最本质的特征，显得具体平实。先是写远景：蓝色斑驳的云朵因被冷风驱赶而涌动着，远处的荒野野草枯黄，一片泥泞。

　　然后又描写沿路的景色。灌木、树丫、枯叶和藤，"外表上毫无生气，倦怠"。这就像一组经过精心组织的镜头，由远及近，由全景到特写，使得早春荒凉、萧瑟的景色清晰而准确地呈现在我们面前，如同一幅印象派绘画。我们也许会注意到，这首诗中的景物与艾略特笔下的荒原有些接近。在《荒原》里，艾略特劈头就写：

四月是最为残酷的月份，从混杂着

记忆和欲望的荒地

生长出丁香……

艾略特用的是象征手法，而威廉斯采用的是实写和准确刻画。

诗人描写这些，只是为了营造某种气氛。现在诗人开始发挥了：

……倦怠

茫然的春天迫近——

它们赤裸地进入新世界，

冰冷，一切都不确定

除了它们的进入。

"它们"是指诗中描写的灌木、树丫、枯叶和藤，诗人赋予了它们以生命，使它们像我们一样具有了感知能力。这里要注意几个关键词："倦怠""茫然""赤裸""不确定"和"新世界"。

"倦怠"和"茫然"用来形容刚刚开始的早春的状态，形象而准确。经过了漫长的冬天，它就像一个刚从睡眠中醒来的人，尽管行动了，但意识仍然不很清醒，行动也显得缓慢。"赤裸"表明植物对春天的到来没有准备，还没有来得及长出叶子。

当然，赤裸还有另外的意思，即表示直截了当和一无所有。"不确定"意指在春天来临之初一切仍然未成定局，一切都在期待之中，一切是未知数，也是对应"进入"。期待都还没有成为现实，只是春天到来是确定无疑的了。"新世界"从字面上看，是指姗姗而来的春天所带来的一切，但这里明显带有讽喻的意味：在这个所谓的新世界中，仍然是一无所有，全身冰冷，被熟悉的寒风所包围着。传统意义上的春天与眼前荒凉凄惨的景色形成了巨大的反差。在这里，春天已由自然或外部世界的征象进而成为内心世界的一种附属物，或用艾略特的说法，成为经验的客观对应物了。但诗人并不绝望，他从荒凉的景色中看到了暗含着的希望：

> 现在是草，明天
> 挺直卷曲的野胡萝卜叶子
> 一件件物体被详细说明——
> 它在加速：明晰了，叶子的轮廓

草出现了，野胡萝卜的叶子也很快长出，春天将会由不确定逐渐变得确定，由茫然逐渐变得明晰，就像叶子的轮廓一样，在寒风中显露出来。

诗人是敏感的，他从外在的景物中感受到早春的萧瑟荒凉，但又从春天的细小变化中感到了希望：

> 然而意味深长的变化

已在它们之上产生：它们抓住的

根在向下扎着，并开始醒来

　　透过荒野的凄凉景色，透过无法确定的表面，诗人感知到了一种"意味深长的变化"。"意味深长"意味着更为深入和内在，而不易为人所觉察。这变化就是，植物的根在地下"扎着"，它们从冬天的沉睡中醒来，正在艰难地到来。经历了这些，无论如何，春天更显得可贵了。这是更加真实的春天，既非欢乐的，也非绝望的；既非观念或象征的，也非传统意义上的。这是现代人眼中的春天，自然而真实。

　　在创作的后期，威廉斯写下了长诗《帕特森》。耐人寻味的是，这首长诗采用了他的老对头艾略特《荒原》式的写法，当然，也与庞德的《诗章》有些相似。我不知道这意味着什么，是遵从了创作上的规律，还是有意无意地为自己的偏激做一番无言的和解？

　　威廉斯对年轻一代的美国诗人影响很大，尤其当艾略特的影响达到极致之后，他们要另辟蹊径，当他们厌倦了一个人的写法，就自然会从他的老对手那里借鉴些东西。他们从威廉斯那里继承了对口语（尤其是美国式的口语）的运用，以及诗歌的节奏，反对智性，少用隐喻。威廉斯直接和间接影响的诗人有查尔斯·奥尔森、罗伯特·克里利、爱伦·金斯伯格、丹尼斯·莱维托夫、罗伯特·洛威尔，以及后来的更为年轻的诗人们。可以说，威廉斯反对现代主义，一不留神成了后现代主义的教父。

WALLACE STEVENS

斯蒂文斯的坛子

田纳西是美国中南部的一个州，多是荒野，森林面积占据全州的一半。可以想象，如果把一只坛子放在那里，会是一种什么样子。事实上，恐怕也不会有人这样做，因为这是一种没有意义的甚至可以说是愚蠢的举动。

　　但在现实中无法实现的事情可以在诗里完成。想象是诗歌的翅膀，或者说是诗歌的发动机。有了它的推动，诗人可以上天入地，可以让石头讲话，让大象飞翔。因为事实上有人这样做了，而且赋予了这件事一种崭新的意义。

　　这位诗人就是华莱士·斯蒂文斯。

　　斯蒂文斯生于宾夕法尼亚州的雷丁，他在哈佛学习过三年，随后又在纽约的一所法律学校学习法律，并于1904年获得律师资格。同年他遇到了一位美丽的女士——比他小七岁的艾尔西，堕入了情网，1909年他们结了婚。他早期的很多诗是写给艾尔西的。

　　斯蒂文斯喜欢旅行，但他不是像庞德那样到处漂泊，而是真正意义上的旅行。他经常步行，并在日记中记下他的旅行观感。结婚后，斯蒂文斯开始投身保险业，在康涅狄格州定居，后来当上了一家保险公司的副总裁。

他在事业上很成功，并利用业余时间写诗。他的妻子漂亮但敏感，很容易发火。她更愿过上流社会的生活，但似乎不太喜欢诗歌，比如她不许斯蒂文斯把像威廉·卡洛斯·威廉斯这样的诗人朋友请到家里做客。斯蒂文斯写诗，在某种程度上或许是出于一种逃避：他的事业和家庭。他常常步行上班，在路上打腹稿，到了办公室，再向秘书口述，由秘书在打字机上打出来。他们唯一的女儿霍莉是1924年他们从加州到巴拿马运河的旅行中怀上的，那次旅行是为了庆祝斯蒂文斯第一部诗集的出版。霍莉与母亲不同，她对父亲的创作很有兴趣，斯蒂文斯去世后，她整理了父亲的文稿，把父亲的遗作精心编辑并出版。

斯蒂文斯的个性和特殊经历决定了他独特的诗风。美国批评家海伦·文德勒这样评价他："在人们的印象中，斯蒂文斯是一位非常欧化的诗人。和他的诗有着密切联系是拉丁祖先（尤其是维吉尔和卢克莱修），但丁（从那里他学到了三韵体），法国现代主义诗人（尤其是波德莱尔、瓦雷里和拉弗格），以及英国前辈（特别是莎士比亚、华兹华斯、济慈、布朗宁、丁尼生、佩特和叶芝）。他与这些作家的联系在他很多的主题中非常明显，同时在他的文体中也显而易见。"文德勒接着指出："但在主题和文体两个方面，斯蒂文斯都是一位突出甚至十足的美国诗人。"这种复杂的甚至是矛盾的特质体现在斯蒂文斯身上，使得他既不同于艾略特和庞德，也不同于弗罗斯特和威廉斯。他一生都在推崇纯诗写作（这可能受到瓦雷里的影响），他与时代的联系并不像艾略特和庞德那样紧密，至少看上去并不那样紧密。而且在他的诗中，既没有弗罗斯特笔下的乡村景色，也没有威廉斯那样的个人的生活场景和普通人的生活。沉思性成为他诗歌中最为突出的特征。他的诗风格比较典雅——因此很多人把他与法国诗歌联系在一起，也具有很强的音乐感和色彩感，这是他从音乐和现代绘画那里吸取了养分。

现在我们重新回到那只坛子。为什么诗人要把一只坛子放在田纳西的荒野，即使是在想象中？我们先完整地读一下这首诗，诗的标题是《坛的逸事》：

> 我放一只坛在田纳西，
> 它浑圆，在一座山上。
> 它使散乱的荒野
> 环绕起那座山。
>
> 荒野向着它涌起，
> 匍匐在四周，不再荒蛮。
> 这坛在大地上浑圆
> 又高又庄严。
>
> 它支配着所有地方。
> 这坛灰色而赤裸。
> 它并不生出鸟儿或树丛，
> 不同于田纳西别的事物。

这是一首三节四行诗，字面意思非常简单，但寓意显得晦涩。把一只坛子放在了田纳西，这已经够让人不解的了，但后面出现的一系列情况，更是使人感到不可思议：

坛子被放在了山顶，于是无序的荒野围着这只坛子排列起来，变得井然有序；

荒野也不再荒蛮，并匍匐在它的四周；

坛子统治着这里，它与这里的其他事物不同，无法生出鸟和树丛。

显然，诗人不是在讲一个神话故事，这只坛子也不会是神话中的宝物。在一部文学作品中，当其中的物象和描写超出了正常的逻辑和道理时，我们就应想到，这无非有两种可能：一种可能是作品并不成功，不能准确地表达出作者的意图；再一种可能就是作者使用了象征和荒诞的手法，以期达到一种特殊的效果。比方说，当卡夫卡写一个小职员一觉醒来变成了一只甲虫，我们不必指责他犯了常识性的错误，而应该细细察看和思考他这样做的深刻含义。

有一部书曾经产生过很大影响，就是布鲁克斯和沃伦合著的《理解诗歌》。在这部书中，作者运用了新批评理论对一些有代表性的诗歌作品进行了阐释和解读，其中也谈到了这首诗。他们认为，这首诗的上下文配置太突兀，太奇特，太不配称，田纳西太大，而坛子太小，语境压力过大，这就提示了这只坛子只能是一个象征。

情况就是这样。荒蛮的田纳西，代表着一种自然的形态；而坛子是人工的产物，与自然是相对的。坛子（jar）在英语里也作"罐"讲，提到罐，我们自然会想到人类最初的创造。除了石器，陶罐伴随人类的历史要算是最早了，它见证了人类的进化，可以看成人类文明的重要符号。但为什么要把一只坛子放在田纳西的荒野？田纳西在这里只是一种代称，只是自然和荒蛮的形象化。而这只坛子作为人工的产物，与荒蛮的自然形成了一种对立关系。与自然相对应的人类的创造莫过于艺术了。因此我们可以说，这首诗探讨的是艺术与自然的关系问题。自然本来是荒莽和无序的，但一经把坛子放在那里，有了中心点，一切就随之发生变化，变得秩序井然。这是说艺术和想象有整饬现实的作用（这是斯蒂文斯的一贯思想），在艺术的影响下自然会发生变化。同时，诗人也指出，自然有繁殖能力，艺术则没有。因此，艺术和自然是相互依赖，共生共存的。

在这样一首很短的诗中，诗人探讨了这样一个复杂的问题，意象奇特突兀，既不显得怪诞，又颇耐人寻味。除了上面提到的象征手法，还可以看出诗中的超现实主义色彩。当刻意把不同的事物并置在一起，通过这种不协调就会造成梦幻般的奇异感觉。把坛子和巨大的荒野并置在一起，就是典型的例子。同样，这首诗还运用了对比，把荒野同坛子一直加以对照。

我们首先谈到这首诗，是因为类似的主题在斯蒂文斯那里不断出现，当然也有细微的变化，比如想象力和现实的关系，这些是他始终在关注的。很多作家和艺术家，一生中大致只是在着重表现一个主题，在此基础上不断衍生和变化，就像音乐中的变奏一样。斯蒂文斯是这样，画家马格利特是这样，导演小津安二郎也是这样。

《雪人》同样是斯蒂文斯一首很具代表性的诗：

人必须有一颗冬天的心
察看着霜和松树
在雪中结成硬壳的枝干；

并长时间地在寒冷中
注视带冰的蓬松的刺柏，
和在一月阳光遥远的闪耀中的

粗大的云杉；不去想
任何痛苦，在风的声音中
在几片叶子的声音中，

那声音是大地的，它
充满同样的风
吹在同样空旷的地方

为着倾听者，他在雪中倾听，
而且，自我空无，注视着
不在那里的空无和在这里的空无。

诗中写到了雪人，这个意象本来就很模糊，我们无法确定这是一个真正的用雪堆砌出来的"雪人"，还是一个在雪中观看和思考的真人。但无论如何，雪人的身份并不重要。重要的在于这是一个观察者，他在察看（regard）和注视（behold）雪中的景色，在于他不带有任何自我观念，带有"一颗冬天的心"（a mind of winter）。确切说，他在诗中的作用只是一个道具，一个被投注了斯蒂文斯观念的客体，也是代替我们观察和思考的主体。

诗中三次出现了"空无"（nothing），后面的两个空无（beholds/Nothing that is not there and the nothing that is）是由前面的一个（nothing himself）演化而来的。正是因为自我的空无，才会见无所见，闻无所闻，与世间万物融为了一体。而这种空无，或许代表了宇宙的真实。

我们注意到斯蒂文斯的玄思，他与东方思想的关系一直为人们所津津乐道。这首诗，与庄禅思想似乎有些接近。它没有写到现实，却告诉我们应该如何去观察现实。斯蒂文斯认为，想象具有整饬现实的能力，它作用于人的感官，使现实发生变化。因此，人必须要像那位雪人一样，摒弃感情，去观看雪景，这样就不会因联想到世间的一切而感到悲哀，从而领悟到宇宙间的真谛。读斯蒂文斯，我们总是会感到某种困惑。一方面他诗中体现出的都是类似观念性的主题，很少有与现实密切联系的诗作，甚至连生活的哲理和感悟也很少见，但另一方面，他的诗富于幻想，境界奇异幽深，而不是空洞乏味的议论。

斯蒂文斯的一些诗带有宗教色彩，确切说是对宗教的思考。

在诗中他大胆地肯定尘世的快乐，而对永生表示怀疑。在他最有影响的诗作《星期天的早晨》中，他虚构了一位贵夫人，以她和不出场的诗人间的对话，来表明他的这一观念：

> 悠然自得的晨衣，阳光中
> 椅子上没动过的咖啡和橘子，
> 在小地毯上一只鹦鹉的
> 自由绿色，共同驱散了
> 古代牺牲的神圣宁静。
> 她浅浅地梦着，感到那场
> 古老灾祸隐秘的侵害，
> 像水光中一道平静的暗影。

诗的开头是一个色彩鲜明的画面，使我们想到了马蒂斯的作品。这位妇人在享用早餐时联想到星期日在基督教中的含义，由此引发出对尘世快乐和永生快乐的思考。最后诗人指出了天上乐园的虚幻，而人世的乐园就是生命的全部：

> 他们的吟唱将是乐园的吟唱，
> 出自他们的血液，返回到天空；
> 在歌声中，一重又一重，将出现
> 他们的主喜爱的起风的湖，
> 天使般的树木和有回声的群山，歌声在它们中将久久回荡。

这种对肉体或感官享乐的肯定即是肯定世俗生活本身，有着一定的积极意义。在颂歌声中，人与神浑然一体，神性就隐含在人类的想象中。

在《一位高声调的基督老女人》中，我们可以看到近似的主题：

> 诗歌是最高的虚构，夫人。
> 用道德法则建造它的中殿
> 又由中殿筑起闹鬼的天堂。这样，
> 心就变成了棕榈树，
> 如同多风的竖琴渴望着圣歌。
> 我们原则上同意。那很清楚。但
> 用相反的法则建造一道柱廊，
> 又由这柱廊设计出行星上的
> 假面舞会。这样，我们的淫欲，
> 未被墓志铭净化，最终得到了满足，
> 同样被变成棕榈树，
> 扭曲着像萨克斯风。棕榈对棕榈，
> 夫人，我们在起点处。因此，
> 在这行星的场景中，准许
> 你不满的苦行者，吃得饱饱的，
> 游行时拍打他们愚钝的肚子，
> 得意于这种崇高的新奇，
> 这种丁零叮咚和咚咚声，

可能，仅仅是可能，夫人，他们从自身

抽打出这星球上快活的喧嚣。

这会让寡妇退缩。可虚构的事物

使劲眨眼，当寡妇退缩眨得更凶。

　　从标题我们了解到，这首诗是写给"高声调的基督老女人"的，但这并不是特指某一个人，而是代表了一类人，即那些否认尘世快乐，主张寻求彼岸世界的人。诗中略带一点调侃的意味，因为在诗人看来，在思想和现实之间可以建造一个理性的世界（"用道德法则建造它的中殿／又由中殿筑起闹鬼的天堂"），也可以是一个愉悦的世界（"用相反的法则建造一道柱廊，／又由这柱廊设计出行星上的／假面舞会"）。学者利萨·M. 斯坦因曼在谈到这首诗时这样说："（斯蒂文斯）早期诗歌确实继续了对想象的赞美，它们依次向我们表明了我们的感官同物质世界的联系；《星期天的早晨》中的那位女人被告知，尘世——'夏天的树干和冬天的枝条'——必须代替神明……"从中我们多少可以体悟到斯蒂文斯思想的主旨。

　　音乐性和色彩在斯蒂文斯几乎所有的诗作中都有很好的体现，在这方面最有代表性的应该是《簧风琴》中的《彼得·昆斯在弹琴》。在读这首诗前，我们要解决两个问题。首先，彼得·昆斯是何许人？我们知道，在莎士比亚著名的喜剧《仲夏夜之梦》中，就有一个叫彼得·昆斯的角色。他为了讨好公爵夫妇，找了一帮人，粉墨登场，自己则担任导演和编剧。在这首诗里，斯蒂文斯让他扮演了一个叙述人的角色，由他来讲述故事。

　　其次，为什么要由彼得·昆斯来担任故事的叙述者？这涉及面具理论。我们知道，现代派诗歌创作是以反对浪漫派为明显标志的。浪漫派崇尚个性和自我，在表现情感方面缺少控制，有很多夸饰，这在现代派作家看来是要不得的。当然，在现代派作家中，每个人对浪漫派的态度也多少有所不同。艾略特是反对浪漫派的铁杆，他说过，诗歌不是感情的喷射器，而是感情的方程式。叶芝和艾略特一样，都使用象征主义的方法，被称为后象征派，但他自称为"最后一个浪漫主义者"。当然，他说的浪漫主义，只是强调了浪漫主义的某种精神，并不是全部。叶芝在写作上并不反对在诗中表达自我和个人经验，但他提出了"面具理论"。所谓面具理论，也是避免直接诉诸情感。抒情诗中总是避免不了一个"我"字，我爱谁，我恨谁，我如何如何。而且一写到"我"，总是免不了让感情直接抒发，就像艾略特所说的那样，成了感情的喷射器。叶芝和艾略特当然都注意到了这一点，但艾略特用的是非个人化的手法，就是在尽可能地剔除"我"，淡化主观色彩，以使感情和经验上升到普遍的意义上。而叶芝走的是另一条路，他让"我"戴上了各种各样的面具，戴上了面具以后，"我"就会以各种各样的角色出现，就像演员在舞台上表演，既是自己，又不是自己。这就与自我拉开了距离。叶芝后期的作品就常常戴上面具，他的诗中经常出现一个人物，叫疯简，借一个疯老太婆的口，说自己想说的话。那么回到这首诗，斯蒂文斯让这位彼得·昆斯充当故事的讲述人，也是在为自己戴上一个面具，这样的目的倒不是避免表现自我，而是要增加作品的层次，给作品蒙上一种喜剧色彩。

斯蒂文斯的情况更为复杂。一方面，他在哈佛读书时受到桑塔亚纳思想的影响，推崇非理性，写作路数完全属于现代主义。但另一方面，他尤其喜爱浪漫主义诗人济慈，海伦·文德勒曾经指出济慈的《秋颂》是斯蒂文斯的创作原型，而哈罗德·布鲁姆也说："斯蒂文斯更喜欢整理他那些坛坛罐罐，他的冰凉的瓮，然后打碎它们。……济慈的《希腊古瓮颂》在斯蒂文斯的诗中就以'青瓷'的形式被内在化了。"[1]但他没有像他的朋友威廉斯早期那样笨拙地去模仿，而是把济慈成功地进行了转化，使之融入了二十世纪的现代主义诗歌，这也是他得到喜爱浪漫主义诗歌的布鲁姆的很高赞誉的原因。

彼得·昆斯要讲述的是《圣经》中的故事。据《圣经》，美丽的女人苏姗娜在自己家的院子里洗澡，有两个被任命为法官的长老在暗中偷看。当女仆出去后，他们两个出现在苏姗娜面前，提出非分的要求，并威胁说，如果她不答应，他们就说她和一个年轻人通奸，判处她死刑。苏姗娜说自己宁愿清白而死，也不愿在上帝面前作孽。于是她大声喊人，两个长老也大喊她与别人通奸，其中的一个还打开了院门。第二天，他们判苏姗娜死刑，先知但以理却感到事有蹊跷，要求重审。他分别向两个长老问讯，发现两个人的供词在很多地方自相矛盾。于是真相大白，两个长

---

1 （美）哈罗德·布鲁姆：《批评、正典结构与预言》，吴琼译，中国社会科学出版社，2000。

老被判死刑，苏姗娜无罪释放。《圣经》讲这个故事是劝人行善，因为善恶最终有报。但在斯蒂文斯这里，他只是利用了故事的前半部分，来探讨感官对心理的影响。

全诗共分四段，第一段写音乐激起了讲述者（彼得·昆斯）对恋人的思念，正像长老偷看苏姗娜，心中起了欲火：

> 正如我的手指在琴键上
> 奏出音乐，相同的声音
> 在我的心灵同样奏出音乐。
>
> 那么音乐是情感，不是声音；
> 因而它是我所感知的，
> 在这个房间里，渴望着你，
>
> 想到你暗蓝色的丝衣，
> 是音乐。就像被苏姗娜
> 在长者心中唤醒的乐曲。
>
> 一个绿色的夜晚，明亮而温暖，
> 她沐浴在安静的庭院，这时
> 红眼睛的长者们看着，感到
>
> 他们生命的低声区在

迷人的和弦中震颤，稀薄的血

搏动着《和撒那》拨奏曲。

　　"正如"表明的是一种连带关系。手指在琴键上奏出音乐，而这音乐的声音，也同样在心灵中奏出音乐。

　　这句话并不好理解。我们都知道，音乐是在琴键上发出，这是物理现象；但对听众来说，这声音进入心灵，唤起心灵的共鸣，即在心灵中奏出音乐，这才是完成了音乐的创作。因为这由物理现象变成精神（艺术）现象了。

　　艺术要用心灵来感知。用这首诗中的话来说，如果琴键上的音乐没有和你的心灵产生共鸣，如果你的心灵对音乐没有感应能力，是无法进行欣赏的。这句诗中涉及了音乐——甚至是所有艺术——与心灵的关系。

　　那么音乐是情感，不是声音；

　　说音乐是情感，只要稍有艺术常识的人都会同意。音乐是由音符组成的，音符组成乐句，组成旋律，说到底这些都是情感的表达。人在内心有情，抒发出来就是音乐，就是诗歌。艺术都是如此。不包含情感，或不能唤起别人情感的，就不是音乐，不是诗歌，不是艺术，这一点大家都会清楚。但说音乐不是声音就有些费解了。

　　诗歌讲究新奇，最忌平庸，同时也必须简练。对这句诗要这样来理解，说音乐是情感，不是声音，是就音乐的本质而言的。音乐属于情感范畴，最初发出的是声音，一经完成，就是情感的表达，而不仅仅是声音了。正因为如此，才有下面的——

> 因而它是我所感知的，
>
> 在这个房间里，渴望着你，

"你"是谁？作者心中总是有个具体或不那么具体的对象，体现在诗中，却似有似无。我们可以猜想，这里斯蒂文斯可能说的是他的妻子，也可能是别的女人。当然也可以认为这是彼得·昆斯在讨好哪一位女士。总之，"你"是谁并不重要，重要的是她成为这首诗的倾诉对象。甚至她可以是读者的代称。

> 想到你暗蓝色的丝衣，
>
> 是音乐。就像被苏珊娜
>
> 在长者心中唤醒的乐曲。

"暗蓝色的丝衣"极富意味。斯蒂文斯本质上是个画家，他的色彩感很好，他爱在诗中使用单纯的色彩，他的色彩也都有寓意。"暗蓝色"象征着神秘、幽深，也常常用来表示忧郁。"丝衣"和"暗蓝色"配合在一起，这一特点就更加突出。说丝衣是音乐，是说丝衣同样会在他的心中唤起情感，当然，这里说的不光是丝衣，更是穿丝衣的"你"。"就像被苏珊娜 / 在长者心中唤醒的乐曲"，是打比方，你的暗蓝色的丝衣在我的心里唤起了情感，就像古代被苏姗娜的美所打动的两个长者。这既是对倾诉对象拍马屁，同时也顺理成章地引出了苏姗娜的故事。

这里我们看到，苏姗娜的故事在诗中虽然占据了主要的篇幅，却不是表现的主体，而是喻体，是用来说明作者意图的。

> 一个绿色的夜晚，明亮而温暖，

用"绿色"来修饰夜晚，是形容夜晚美丽。乍看上去，觉得不太恰当，就像马蒂斯在一幅画中把背景画成红色的一样。但效果相当突出，营造出一种气氛。我们甚至找不出比这个更加合适的色彩了。"绿色"加上"明亮而温暖"，也是在暗示故事发生在春天。再进一步说，"绿色"与生命和春天是相联系的。

> 她沐浴在安静的庭院，这时
> 红眼睛的长者们看着，感到
>
> 他们生命的低声区在
> 迷人的和弦中震颤，稀薄的血
> 搏动着《和撒那》拨奏曲。

"安静"与上面的"绿色""明亮而温暖"相对应。这很重要，显示出诗人思维的缜密。用"红眼睛"来修饰长者，表明他们被苏姗娜的美色所打动，也与上面的"绿色"形成了对照。"感到 // 他们生命的低音区在 / 迷人的和弦中震颤"，这里使用了音乐术语。"迷人的和弦"当然是指苏姗娜的美貌，"生命的低音区"是指长者的内心。他们看到正在沐浴的苏姗娜，情不自禁地被她的美貌打动了，内心发出了震颤。"稀薄的血"是指长老们年事已高，"和撒那"是一首赞美上帝的圣歌，曲调高亢，用来和长者"稀薄的血"形成对比。但这里不是像那个故事一样，对长者进行道德上的谴责，而是用来形容自己在"你"的面前，就像长者被苏姗娜吸引一样，其实是把对方比作古代美女，把自己比作卑微的长者，其实是在拍对方的马屁。

第二段写苏姗娜沐浴时的感觉，开头静谧和谐，突然铙钹轰响，号角齐鸣，出现了强烈的不和谐音：

在绿色的水中，明亮而温暖，
苏姗娜躺着。
她寻找着
春天的触摸，
找到了
隐秘的想象。
她叹息，
为太多的曲调。

在沙岸上，她站在

情感消退的平静中。
她感到，在叶子中间，
古老奉献的
露珠。

她走在草地上，
仍在颤抖。
风像她的女仆，
在羞怯的脚上，
缠着手织的丝巾，
仍在飘动。

一阵气息在她手上
使这个夜晚喑哑。
她转身——
铙钹轰响，
号角齐鸣。

  这几行诗表明了大自然的美对苏姗娜的影响。"春天的触摸"，明确肯定了季节，而"触摸"把春天拟人化了。"寻找着"表明这种状态在进行中。我们既可以把"春天的触摸"理解为沐浴时的感觉，也可以看成苏姗娜被春天打动了，她渴望着爱情。"隐秘的想象"则进一步，道出了她内心的情感和幻想。注意"隐秘"，这个词形容不为人知、也不应为人知的想法或行为。"太多的曲调"比较难懂。我以为，这是指春天带来了很多的欲望，很多的幻想，使她内心发出萌动，又一时难以实现，因此而叹息。

> 在沙岸上，她站在
> 情感消退的平静中。
> 她感到，在叶子中间，
> 古老奉献的
> 露珠。

　　这段描写苏姗娜出浴后的感觉。在沐浴时，她被温暖而明亮的水所包围，又值春天，因此内心充满了幻想和萌动，而现在她从水中出来，刚才的情感消退了，因而恢复了平静。

　　要知道，苏姗娜不仅是古代的美女，也是人们心目中圣洁的形象，她不惜以死来捍卫自己的纯洁，因而为人们所称道。"古老奉献的 / 露珠"，"奉献"带有一种宗教色彩，"露珠"又代表了纯净，现在她的感情得到了净化，是上面的"平静"的进一步深化。

> 她走在草地上，
> 仍在颤抖。
> 风像她的女仆，
> 在羞怯的脚上，

缠着手织的丝巾，

仍在飘动。

"仍在颤抖"是指草，还是指苏姗娜？并不十分明确。我想指苏姗娜更恰当，她的内心恢复了平静，但身体还没有从刚才的幻想中脱离出来。这一小节写苏姗娜的动态，写出了她的高贵。风也被她所打动，跟随着她，像女仆一样。她脚上的丝巾也在随风飘动，准确地写出了她的动感。

一阵气息在她手上

使这个夜晚喑哑。

她转身——

铙钹轰响，

号角齐鸣。

"气息"当然是偷看她洗澡的长者们发出的呼吸。"在她手上"写得具体可感。"使这个夜晚喑哑"，他们的贪欲破坏了现有的和谐。"她转身"，这三个字意味深长，表明她对长者的做法表示不屑，也是拒绝了长者们非分的要求。这一小节的节奏发生了变化，原来只是悠扬、舒缓而又安详的琴声，现在出现了敲打乐和吹奏乐：铙钹、号角。这样使作品的气氛变得紧张起来，打破了原来的寂静，增加了一些不和谐的因素，造成了一种特殊的音响效果。也就是说，故事的内容和音乐是完全一致的。

第三段全是描写声音：喧声、大叫、耳语、傻笑……用这一系列声音来推动情节的发展：

> 很快，伴着铃鼓般的喧声，
> 来了她拜占庭的女仆。

> 她们惊异于苏姗娜为何
> 对她身旁的长者大叫；

> 她们耳语着，叠句
> 像被雨扫过的柳树。

> 即刻，她们灯笼提起的火光
> 照出了苏姗娜和她的羞怯。

> 然后，傻笑着的拜占庭女仆
> 逃开，伴着铃鼓般的喧声。

拜占庭后来又叫君士坦丁堡，现在叫伊斯坦布尔。当时拜占庭归属于希腊，常常被敌方洗劫，女人被作为战利品出售。写"拜占庭的女仆"似乎没有太深的含义，只是为了增强诗的真实感。"铃鼓般的喧声"是指女仆身上和手脚上戴着铃环，匆忙走来发出的响声。

她们惊异于苏姗娜为何
对她身旁的长者大叫；

她们耳语着，叠句
像被雨扫过的柳树。

　　这几句从仆人的角度对发生的事件表示惊异。"叠句"一句非常形象。"大叫""耳语"都是在突出声音。这些既是在叙述故事，也仍然是在营造一种音乐的效果。

即刻，她们灯笼提起的火光
照出了苏姗娜和她的羞怯。

然后，傻笑着的拜占庭女仆
逃开，伴着铃鼓般的喧声。

　　"苏姗娜和她的羞怯"表现了苏姗娜的纯洁。"傻笑着"的女仆与苏姗娜形成了对比。为什么"傻笑"，因为她们看到了两个长者的失态和苏姗娜的赤裸。作为女仆，她们并没有意识到事情的严重性，只是为眼前的一幕感到好笑。

　　注意，这里"铃鼓"又一次响起。但刚才是由远到近，现在是由近而远。

　　第四段总括全篇，不是原来故事的那种训诫说教，而是说美超越肉体长存，可以长久地供心灵观照：

美是心中瞬间的记忆——

一道时开时闭的门；

但它在肉体中不朽。

身体消逝了；身体的美长存。

同样夜晚消逝，在逝去的绿色中，

一个波浪，在无限地涌动。

同样庭院消逝，它们柔顺的呼吸

注满冬天的僧衣，实现了忏悔。

同样少女们消逝，向着玫瑰色的

少女合唱班的庆典。

苏姗娜的音乐拨动了白色

长者们淫荡的弦；但，她逃了，

只是留下死亡嘲讽的喳喳声。

现在，在不朽中，它继续

弹奏着她记忆的六弦琴，

完成永恒的赞美的圣事。

这里诗人谈到了对美的认识。他对美的看法与多数人不同。他认为美在心灵（"记忆"）中只是短暂（"瞬间"）的，而只有在实体（"肉体"）中才会长存（"不朽"）。

这里体现了斯蒂文斯的一贯思想，也是他值得肯定的一面。他一直重视感官，肯定世俗的美和幸福，这和宗教思想是相违背的。在他看来，世俗生活的感官享乐和美同样会带给人们愉悦和幸福，一点也不亚于精神上的快乐。

身体消逝了；身体的美长存。

这一句似乎与上面的观点相互矛盾。前面说肉体的美比心灵的美更长久，但身体消失，美又于何处依存？我们要注意：前面提到的"肉体"是整体存在，不是指哪一个具体的肉体，而后面的"身体"是指个体，比如指苏珊娜，或是西施，或是海伦。她们作为个体虽然会消逝，香消玉殒，但美会在其他的身体中得到延续。

同样夜晚消逝，在逝去的绿色中，
一个波浪，在无限地涌动。

夜晚也是一样。那个绿色的夜晚虽然消逝了，但还会有其他的夜晚出现，就像那句套话所说的那样："岁月流转，情怀依旧。""一个波浪，在无限地涌动"，这应该看成是一个隐喻。时间永不停息，生命仍在延续，美就会长久存在。

同样庭院消逝，它们柔顺的呼吸
注满冬天的僧衣，实现了忏悔。

> 同样少女们消逝，向着玫瑰色的
>
> 少女合唱班的庆典。

这几行诗的意思和上面的一样，无非是对上面主题进一步的强调和深化。"柔顺的呼吸"把庭院拟人化了。"冬天的僧衣"是个非常奇妙的比喻，这不过是指冬天，但生动、形象。僧衣是灰白色的，用来形容灰白色的冬天再合适不过了。另外，僧衣与僧侣相联系，僧侣要求禁欲，他们通过忏悔来达到心灵的净化。"庭院"被长者们的所作所为玷污，它们在时间中得到了净化。现在庭院消失了，花也凋谢了，但花的芬芳仍然长存。"玫瑰色的／少女合唱班"也是这样，"玫瑰色"用来形容少女，是利用了它的色彩艳丽。少女们会衰老，会死去，但仍然会有少女们生气勃发，参加合唱班的庆典。

> 苏姗娜的音乐拨动了白色
>
> 长者们淫荡的弦；但，她逃了，
>
> 只是留下死亡嘲讽的喳喳声。

"苏姗娜的音乐"是指苏姗娜的美貌像音乐一样，在长者的心中引起了共鸣，当然这共鸣是"淫荡的"，不可取的。"弦"仍然延续了前面使用的音乐的术语。"她逃了"，是说苏姗娜最终免于死刑，无罪释放。"死亡嘲讽的喳喳声"，当然是对长者们的嘲讽。他们以死刑来逼苏姗娜就范，但没有想到被处死的竟然是自己。"嘲讽"用得非常准确。这是对害人不成反害己的嘲讽。我们看"喳喳声",死亡是可怕的,是对生命的剥夺,是反自然的。因此,它不会发出和谐的声音。"喳喳声"(scraping)在英文中是金属刮擦发出的声音,这不免使人想到了屠杀和断头台。长者们消逝了,但对他们的惩罚依然在嘲弄着他们。

> 现在,在不朽中,它继续
> 弹奏着她记忆的六弦琴,
> 完成永恒的赞美的圣事。

"它"是指什么呢?诗句很模糊。是指永恒?事实上,只有永恒才可能、也才有资格这样做。但因为有"在不朽中",就不大像是永恒。让我们再回到诗的开头:

> 正如我的手指在琴键上
> 奏出音乐,相同的声音
> 在我的心灵同样奏出音乐。

"继续"透露出一点秘密,这是指"在我的心灵同样奏出音乐"。第一段是"奏出",最后一段是继续,二者遥相呼应。"记忆的六弦琴"就是指记忆,"六弦琴"和"记忆"组合,词组的主体仍然是"记忆",这样做的效果是指"记忆"由抽象变得具体,也与音乐产生了联系。从这首诗中,我们可以看出斯蒂文斯的一贯思想，他肯定尘世的欢乐，肯定肉体，这些与以往的哲学家的结论是大不一样的。肯定现世，这就有了积极的意义。但这里我们要谈论的不是这些，而是他如何把音乐运用到诗中。我们看到，他在三个方面表现了音乐。一是在诗中直接论述了音乐："正如我的手指在琴键上／奏出音乐，相同的声音／在我的心灵同样奏出音乐。／／那么音乐是情感"。二是用各种乐器来进行比喻，这样一来是生动形象，二来使这首诗具有了音乐的各个声部和各种乐器，成了一首音色丰富的曲子。三是全诗从韵律上看，也具有强烈的音乐感和节奏感。这一点细细阅读和品味，就可以感受到。

斯蒂文斯在诗中喜爱使用色彩鲜明的形象，也常用颜色来表达事物，因此他的大部分诗都显得色彩鲜丽。在这首诗中是这样，在别的诗中也如此。比如，在一首名为《黑色的统治》的诗中，他这样写：

　　夜晚，在火旁，
　　灌木的颜色
　　和落叶的颜色，
　　重复着它们自己

　　然后——

浓重铁杉的颜色

大步地走来。

我记起了孔雀们的叫声。

　　这首诗另有深意，通过炉火展示给人们种种色彩缤纷的想象，但当炉火熄灭，一切由夜晚的黑暗统治，这带给人们的无疑是一种恐惧。诗人用"沉重铁杉的颜色"来作为黑暗的隐喻，并且联想到了孔雀的叫声。

　　又如《十点钟的觉醒》：

房子里面有鬼魂出没

穿着白色的睡衣。

没有绿色的，

或紫色的镶着绿边，

或绿色的镶着黄边，

或黄色的镶着蓝边。

他们中没人陌生，

穿着带花边的短袜

并束着腰带。

人们不会到

狒狒和玉黍螺的梦中。

只有一个老水手，这里那里，

喝醉并穿着靴子睡觉，

在红色的天气里　捕捉老虎。

这首诗称得上是色彩缤纷。最后两句"在红色的天气里　捕捉老虎",更是出乎人们的意料。"红色的天气"这种有违常情的写法,恰到好处地突出了这首诗的梦幻色彩。而在斯蒂文斯的长诗《弹蓝色吉他的人》中,蓝色成为全诗的基调,并笼罩着全诗。色彩感和音乐性完美地结合在一起,诗人的风格和特征表现得一览无余。

斯蒂文斯的诗难以理解。困难的并不在于他的语言——他的语言规范易懂,而在于他的玄思。他的诗中现实感很弱,而哲理性很强。我们说过,弗罗斯特的诗中也有很强的哲理性,他的哲理是通过日常生活的细节和经验来体现的,而斯蒂文斯的诗中并没有这类的具体情境。当然,我们注意到斯蒂文斯的诗中也出现雪、树、风、鸟等自然景物或现象,但给人的感觉更像是道具,是抽象的、超自然的。斯蒂文斯的哲理是通过想象和辨析来实现的。他反对理性写作,他的主张更接近纯诗,他认为,"纯诗兼具神秘和非理性","写诗不过是出于一种对和谐与秩序的欣悦"。总之,他是一位极为独特的诗人,虽然读者并不很多,但随着时间的推移,他的影响力也在不断增强。

（1911 — 1979）

ELIZABETH BISHOP

毕肖普的地理学

尽管一向行事低调，但毕肖普在世时就已名满天下了。她是美国文学艺术学院院士、桂冠诗人，也是普利策奖和美国国家图书奖的获得者。在她的好友罗伯特·洛威尔去世后，她成为美国诗坛的执牛耳者。然而她的生活并不像我们想象的那样惬意，终其一生她都在漂泊和孤独中度过。毕肖普生于马萨诸塞州的伍斯特市。她的父母在波士顿相遇，当时她父亲威廉·托马斯·毕肖普得了阵发性抑郁症，住进了麻省总医院，而她的母亲格特鲁德·巴尔默正是那里的护士。于是他们相爱并结婚。毕肖普出生刚刚八个月，她的父亲就去世了，母亲因悲伤过度而精神失常，后来被送进了精神病院。毕肖普五岁时就成了实际上的孤儿，只好轮流寄住在加拿大的新斯科舍省的外祖母家和波士顿的姨母家中。她再也没有见到过自己的妈妈。这段童年时期的不幸遭遇在她的一生中投下了无法抹去的阴影。在她的一首诗中（《六节诗》），我们可以看到她童年生活的影子：

　　　　九月的雨落在房子上面。

　　　　在微弱的灯光里，老祖母

和那个孩子坐在厨房，

挨着马维尔小火炉，

读着年历里面的笑话，

边笑边谈，藏起她的眼泪。

……

　　故事的主人公是老祖母和她的孙女。九月的天气在那里似乎变冷了，外部世界是凄凉的。她们又是怎样？我们看到她们挨在火炉旁借着笑话来掩盖内心的辛酸。老祖母似乎是在安慰幼小的孙女，而孙女也很配合，"边笑边谈"，未始不是在安慰着年老的祖母。

　　然而——

现在是喝茶的时间了，但孩子

在看着水壶上坚硬的小泪珠

像一个疯子在烧热的黑铁炉上跳舞，

　　屋外"九月的雨"代表了对房子的外部打击，水壶上的"泪珠"则建立起一种和外部世界的联系与呼应，代表了孩子内心世界的状态。在诗的结尾：

祖母对着神奇的火炉唱着

而孩子画着另外无法预测的房子。

在这里，作为保护者的老祖母仍在努力着，但似乎失去了效果。一切又将回到起点，重新开始。"无法预测的房子"不仅象征着孩子漂泊无定的生活，也表明了她对未来的恐惧。

成年后的毕肖普一直就是在这种意义上的居无定所的状况下度过的。她到过法国、西班牙、北非、爱尔兰和意大利，并在佛罗里达半岛以南的基韦斯特市居住。她在巴西生活了十六年，后来因为感情问题，又回到美国的马萨诸塞州，住在坎布里奇，并在哈佛大学教书。就这样她不断地迁移，从一个城市到另一个城市，就像传说中的尤利西斯那样，从一个港口漂泊到另一个港口。所不同的是，尤利西斯是要完成回到自己的家乡的目标，而毕肖普却终其一生也找不到一个固定的家。

毕肖普从小就喜欢独处，她爱读书，并沉浸在梦想之中，这些都是诗人的必要气质。她性格中也有着叛逆的因素，但并不孤僻。在寄宿学校时，她会对同学说："明天一准是个好天气，我们五点钟去看日出吧。"但五点钟时公寓还锁着，她的愿望无法实现。一次过生日，她向姑妈要一套红皮精装的莎士比亚全集，可姑妈觉得精装本太贵了，就买了一套平装的送她。她于是跑到书店，用一套平装本换回了半套精装本。她的文学才华在学校时就显露出来了，在瓦萨学院时，老师在学期末对学生做出鉴定时，就曾大胆预言，伊丽莎白必定会成为一名诗人。

毕肖普与比她年长的诗人玛丽安·摩尔的友谊对她的写作帮助很大。她最初的创作还受到英国早期诗人乔治·赫伯特和霍普金斯等人的影响。1946 年，毕肖普的第一本诗集《北方和南方》

的出版，使她一跃成为美国诗坛上耀眼的明星。她在1949—1950年成为美国国会图书馆诗歌顾问，相当于美国的桂冠诗人。诗集的名字代表了毕肖普的生活经历。她诗中的地理因素可能正是来自她漂泊的经历。她曾经说过，她喜欢地理甚于喜欢历史。这一点，从她其他诗集的名称中似乎可以看出，她的另外两部诗集也与旅行有关，分别是《旅行问题》和《地理学Ⅲ》。

毕肖普一生有过很多情人，女性或男性的，但她总是摆脱不了那种与生俱来的孤独感。1947年，她在诗人贾雷尔的寓所里认识了比她小六岁的罗伯特·洛威尔。两人第一次见面就心心相印。洛威尔非常看重毕肖普的才华，甚至动了和她结婚的念头，但毕肖普对两位诗人间的婚姻缺乏信心。婚姻未果，他们却因此结下了终身的友情并相互敬重。通过下面几件小事也许就可以看出他们的关系。

有一次，毕肖普见到了年老的威廉斯，威廉斯大谈了一通美国诗歌精神，然后抱怨如今再也没人写作英雄双行体了（这本身就是一个矛盾，因为英雄双行体是十六七世纪英国流行的诗体）。毕肖普却说："威廉斯医生，您过时了，洛威尔最近还在用双行体写作呢。"

在一次诗人的圆桌聚会上，主持人要求每位诗人都读一首自己的诗，轮到了毕肖普，可能是害羞的缘故，她不想读，洛威尔主动代她朗诵，赢得了热烈的掌声。洛威尔有段时间总是随身带着毕肖普的《犰狳》，在他著名的诗作《臭鼬的时刻》前面就明明白白地写着：献给伊丽莎白·毕肖普。

毕肖普也见过诗人艾略特，在她应洛威尔邀请出席的艾略特的一个讲座上。在头一天晚上，毕肖普酒瘾发作，把洛威尔女友家中柜子里所有的酒都尝了一遍，结果吐了一地。第二天，她勉强与艾略特和奥登共进晚餐。在担任国会图书馆诗歌顾问时，她还代洛威尔去伊丽莎白医院看望了年老的庞德。在圣诞节，她带给庞德一瓶科隆香水作为礼物，却发现老人正站在一棵圣诞树下，醉心于扮演圣诞老人。

在哈佛大学教书时，毕肖普已到了晚年。她于 1979 年因血管瘤破裂而去世，享年六十八岁。据说毕肖普一直对自己的私生活讳莫如深，比如说，她喜欢喝酒，但有一次在朋友那里，家里没有了酒，她宁愿喝酒精也不愿去酒吧，结果住进了医院。这样对个人隐私小心保护使传记作家们感到难以下手。中国诗人蔡天新的《北方·南方——与伊丽莎白·毕晓普同行》一书应该是我们能够读到的关于毕肖普的一部较为详细的传记了。

如果没有关于现代诗歌的修养和准备，没有敏锐的审美能力，初读毕肖普的诗歌，可能会感到缺少诗意，甚至会产生疑虑：这是诗吗？

乍看上去，她的诗就像是分行的散文，似乎很少修饰，内敛，甚至坚硬，但细细读来，你会感到诗意就在其中，且具有一种难以抗拒的魅力。她与一般的女诗人不同，似乎并不关注女性自身的问题。其他女诗人很容易写得张扬、尖锐，带有浓重的女权色彩，毕肖普却不是这样。不带贬义地说，从她的诗中很难一下子就看出作者的性别。她作品的强度和力度甚至超过了男性诗人。而体现在她诗歌中的品质，如冷静、客观更偏向男性写作的特质，但也不要忽略了她作为女性的细致。这使得她与一般的男性诗人区别开来。毕肖普的诗歌具有一种巨大的张力，她的写作很节制，也很少使用比喻，宁愿使用朴素的甚至带点散文化的语言。这使得她的诗歌异常清晰、准确。她的诗不夸张，不矫饰，却在对现实事物的精确描写中带有一种梦幻色彩，达到了一种超现实的效果。比如她写"人蛾"：

> 他成了一枚倒立的大头针，针尖被月光吸引。
> 他没有去看月亮，他只是观察她的巨大的道具，
> 感受着那可疑的光，在他手上，不冷也不热，
> 一种没有温度计可以测量的温度。

这种细致独到的观察使得她看到了别人忽视了或是干脆看不到的事物特征，并用 细致独到的手法表现出来：

能快地登上了

快速地关闭。

着

前进，可怕的速度，

不换挡也没有加速的过程。

他无法说出他向后旅行的速度。

每个晚上他必然

　　被送过人工的隧道，梦见重复的梦。

　　就像他的火车下面重复的枕木，那些位于

　　他快速移动的脑袋下。他不敢望着窗外，

　　因为第三条铁轨，那不间断的有毒气流，

　　在他的身旁奔跑。他把这看成是一种

　　遗传性的易感的疾病。他得把他的手

　　放在他的口袋里，像别人戴着手套一样。

　　现实中的蛾子仿佛被放大了，通过作者的眼睛，我们看到了被忽略了的另一部分现实。不仅如此，它的意义在向外延伸。关于"人蛾"的确实含义，曾经有人问过，但毕肖普拒绝回答。她说她已经忘记了最初这个形象被设想成什么。但有人指出，毕肖普在地铁中曾经细致地观察过一位死去的女人：苍白毫无血色的脸，以及她的睫毛。毕肖普甚至梦见她的朋友玛格丽特·米勒在察看着一个人从脸上揭下的小面具的内部，发现里面眼窝周围是细小的毛茸茸的睫毛。然而在这首诗中，人蛾的形象正好倒置了（诗中也反复提到它的倒立，它在车厢中朝反方向坐着），它先是蛾，然后在不知不觉间被赋予了某种人的特质（他乘坐地铁，并且不得不把手放进口袋）。在最后一段，他似乎又重新回到了蛾子的本质。但那滴泪水仍然使我们生疑，人与蛾仍然难分彼此。

　　《人蛾》这首诗过于复杂，虽然没有复杂的历史文化背景，但仍然难以解读。我们还是来看一看她同样著名的诗《鱼》：

我捉到一条很大的鱼

把他系在了船边

半露出水面，我的鱼钩

牢牢挂住他的嘴角

他没有反抗。

他一点也没有反抗。

他挂着，一个咕噜作响的重物，

憔悴而庄重，

并不好看。上上下下，

有着带条纹的褐色皮肤

就像古老的墙纸，

而他深褐色的图案

也像是墙纸：

形状像盛开的玫瑰

由于岁月褪色和消失。

他的身上带着斑点和藤壶，

精美的石灰玫瑰花饰物，

滋生着

细小的白色海虱，

在下面两到三根

破碎绿草挂着。

同时他的鳃吸进着

混浊的氧气

——令人害怕的鳃，

鲜嫩而带有血丝，

可以深深地刺入——

我想到粗糙的白肉

像羽毛一样充填着，

大骨头和小骨头，

他发亮内脏的

引人注目的红色和黑色，

而粉红色的鱼鳔

像一朵大大的牡丹。

我观察他的眼睛

比起我的要大上许多

但更浅，并且发黄，

虹膜收缩就像包着

失去光泽的锡纸

透过有着旧日划痕的

鱼胶的镜头可以看到。

它们微微动了一下，但并不

回应我的注视。

——更像一个物体

朝着光倾斜着。

我欣赏他阴郁的脸，

他的下颚的结构，

随后我看见在他的下唇

——如果你能够称之为唇

严酷，湿润，像兵器一样，

挂着五根旧日的渔线，

或是四根渔线和一个

仍然带着转节的线头，

所有的五个大钓钩

牢牢长在他的嘴里。

一根绿线，根部已经磨损

他从那拉断它，两根更粗的线，

和一根黑色的细线

仍然卷曲着，由于用力地拉扯

在它拉断逃跑的时候。

像带着勋章上的绶带

散开并飘动着，

五根智慧的胡须

拖在他痛苦的下颚。

我注视又注视

胜利填满了

这条租来的小船，

从舱底的积水中

油展出一道彩虹

在生锈的引擎周围

直到锈成橘色的水斗，

太阳晒裂的坐板，

排成一串的船桨，

船舷——直到每件东西

成为彩虹，彩虹，彩虹！

而我放了那条鱼。

诗的开头（"我捉到一条很大的鱼"）和结尾（"我放了那条鱼"）都用最平常不过的话语来表现，但两者相互呼应，形成了一个闭合式的结构，对鱼的描写就包含在里面，并产生巨大的张力。也就是说，从捕到一条鱼，到出人意料地放了它，这里面肯定有诗人的一个思想和情感上的变化过程。但诗人并没有刻意去写这种变化，她目光的焦点一直在那条鱼身上，不曾游离在这条"鱼"之外。我们只是随着她的像镜头一样的目光同她一道观察着这条鱼，在感受她精湛技艺的同时也逐渐对这条鱼产生了感情，最后的结局（把鱼放回了大海）也自然而然地成为我们的期待。

她这样写鱼刚被钓上时的情景：

他没有反抗。

他一点也没有反抗。

他挂着，一个咕噜作响的重物，

憔悴而庄重，

她说这条鱼很丑。如果换了别人，为了唤起读者对这条鱼的同情，可能就会换一种写法，比如把鱼写得很美，可爱或是可怜，但总体效果可能就会是另外的样子。而毕肖普写得无疑更加真实可信。

她这样描述这条鱼的外形：

有着带条纹的褐色皮肤

就像古老的墙纸，

而他深褐色的图案

也像是墙纸：

形状像盛开的玫瑰

由于岁月褪色和消失。

他的身上带着斑点和藤壶，

精美的石灰玫瑰花饰物，

滋生着

细小的白色海虱，

在下面两到三根

破碎绿草挂着。

同时他的鳃吸进着

混浊的氧气

——令人害怕的鳃，

鲜嫩而带有血丝，

可以深深地刺入——

这种细致入微的刻画简直可以和小说或散文，不，简直可以和绘画媲美了。这首先是出自独到的眼光和细致的观察。这条鱼是丑的，但丑的事物表现在艺术中可能是美的。这是因为，艺术并不是要表现美的事物，而是要真实地表现事物。如果做到了真实而准确，那么，即使是丑的事物表现在作品中，也会产生审美的效果。而且，这种巨大的反差会使作品的美感变得更为强烈。

> 我想到粗糙的白肉
>
> 像羽毛一样充填着，
>
> 大骨头和小骨头，
>
> 他发亮内脏的
>
> 引人注目的红色和黑色，
>
> 而粉红色的鱼鳔
>
> 像一朵大大的牡丹。

　　诗人想象着"他"被杀死后剖开的情景，但仍然诉诸视觉形象。这里面没有感情的流露，但这种客观的描写仍然会恰到好处地唤起人们对这条鱼的同情。

　　我们再看下面的诗句：

> 我观察他的眼睛
>
> 比起我的要大上许多
>
> 但更浅，并且发黄，

虹膜收缩就像包着

失去光泽的锡纸

透过有着旧日划痕的

鱼胶的镜头可以看到。

它们微微动了一下，但并不

回应我的注视。

——更像一个物体

朝着光倾斜着。

我欣赏他阴郁的脸，

他的下颚的结构，

随后我看见在他的下唇

——如果你能够称之为唇

严酷，湿润，像兵器一样，

挂着五根旧日的渔线，

或是四根渔线和一个

仍然带着转节的线头，

所有的五个大钓钩

牢牢长在他的嘴里。

一根绿线，根部已经磨损

他从那拉断它，两根更粗的线，

和一根黑色的细线

仍然卷曲着，由于用力地拉扯

在它拉断逃跑的时候。

像带着勋章上的绶带

散开并飘动着，

五根智慧的胡须

拖在他痛苦的下颚。

　　仍然是细致的刻画。使我们震惊的既是对鱼眼睛的准确描写
（恐怕打了一辈子鱼的渔民也无法做到，因为在他们眼里，鱼只
是捕获的对象，只是物，而不是同等的生命，因此他们不愿也不
屑于做细致的观察），也是鱼的表现。鱼在诗人的眼中，似乎是
有尊严的，因为：

它微微动了一下，但并不

回应我的注视。

——更像一个物体

朝着光倾斜着。

　　而且它阴郁的脸"严酷，湿润"，带着被拉断的丝线，它的
须子在诗人看来像"勋章上的绶带"，勋章的比喻当然是含蓄地
表明对这条鱼的赞美，也表明了诗人对它的尊重。
　　下面诗人开始把注意力从这条鱼身上暂时移开，写到舱底的
积水：

从舱底的积水中

油展出一道彩虹

在生锈的引擎周围

直到锈成橘色的水斗，

太阳晒裂的坐板，

排成一串的船桨，

船舷——直到每件东西

成为彩虹，彩虹，彩虹！

　　泛着油的积水闪着七种颜色，在诗人眼里会幻化成彩虹，但连续三个"彩虹"引起了读者的警惕，一向冷静、客观的诗人突然变得激动起来，发出了惊叹，这当然不是为了这所谓的"彩虹"本身，而是表明诗人的情感在这条鱼身上得到了升华。但紧接着，诗人的叙述又回到了平静，她说她放了这条鱼，我们此刻却很难再平静下来，我们的心潮随着诗行的起伏而起伏。

　　毕肖普的诗中没有滥情，没有伤感，更没有矫饰。这些都是诗歌中的大忌，也是写作者常犯的毛病。她只是冷静地观察，并诉诸视觉形象，而把感情深深地隐藏在其中。从一件极为普通的小事中发掘出诗意已经很难了，而又带着读者从这普通的小事中使感情得到升华，这是真正的大手笔，只有像毕肖普这样的诗人才能做到。我们再看另一首《在渔房》：

　　虽然这是一个寒冷的傍晚，
　　在一间渔房里面

一个老人在坐着织网，

他的网，在薄暮中几乎看不见

一种深紫褐色，

他的梭子磨损而发亮。

空气中有一种浓重的鳕鱼味

使人又流鼻涕又淌眼泪。

五间渔房有着陡峭的尖顶

狭窄的加固的跳板斜斜上升

到有着三角墙的储藏室里

好让手推车可以推上推下。

一切是银色的：海的沉重表面，

正缓缓地膨胀，仿佛考虑着溢出，

并不透明，但板凳、龙虾篓

和桅杆的银色，散落在

天生参差的礁石中间，

是一种显而易见的半透明

就像朝向岸边的墙上长满了

翠绿苔藓的旧式小屋。

大鱼桶完美地排列着

带着一层层美丽的鲱鱼鳞片

手推车也同样贴满了

油脂彩虹色的盔甲，

上面满是彩虹色的小苍蝇。

房子后面的小斜坡上

放在稀疏明亮的草丛中的

是一个旧式的木制绞盘，

破裂，有着两个长长的褪色的把手

和一些悲哀的斑迹，像干涸的血，

上面铁的部分已经生锈。

老人接受了一支"好彩"香烟。

他是我祖父的一位朋友。

我们谈到人口、鳕鱼

以及鲱鱼的减少

在他等着一艘鲱鱼船驶来的时候。

他的背心和拇指上有着金属圆片。

他刮着鳞片，主要的美丽，

来自数不清的鱼，用那把黑色的旧刀子，

刀刃几乎都磨掉了。

在水的边缘，在他们

把船拉上来的地方，在那条降到水里的

长长斜坡上，细细的银色

树干水平地横过

灰色的石头上，降低又降低

隔开四或五英尺的间隔。

寒冷黑暗幽深并绝对清晰，

人类难以忍受的环境，

还有鱼和海豹……一只特别的海豹

我在这里一个傍晚接一个傍晚地看到。

他对我感到好奇。他对音乐有兴趣；

如同我这样一个浸礼教信徒，

于是我经常给他唱浸礼赞美诗。

我也唱"强大的要塞是我们的上帝"。

他站立在水里一直

凝视着我，稍稍摇着他的头。

然后他会消失，然后突然出现

几乎在同一地方，耸了耸肩

似乎这与他更好的判断相悖。

寒冷黑暗幽深并绝对清晰，

清晰的灰色冰水……在我们背后，高贵的

高高冷杉开始后退。

淡蓝色，和它们的影子叠合在一起，

一百万棵圣诞树挺立

等待着圣诞节。水似乎悬挂在

那些灰色和蓝灰色的圆石上面。

我一次又一次看到，一样的海，一样，

轻微，淡漠地在石头上摇动，

冰冷自由地在石头上面，

在石头上面然后是世界上面。

要是你把手浸在里面，

你的手腕即刻就会疼痛，

你的骨头就会开始疼痛而你的手就会灼烧

似乎那水是火的化身

它吃着石头并燃起暗灰色的火苗。

要是你品尝，它首先会是苦的，

然后是咸，然后当然会灼烧你的舌头。

就像我们想象的知识那样：

黑暗，刺激，清晰，动人，绝对自由，

从世界冰冷僵硬的嘴里

抽出，来自那岩石般的乳房

永远，流动并涨满，既然

我们的知识是历史的，于是流动并涌起。

　　仍然是不动声色的描写，仍然是冷静、客观而准确，仍然是从平常小事上升华，但毕肖普这首诗与上面介绍的诗在写法上并不相同。在这首诗中，分别出现了三个角色：诗人、老人和一只海豹。诗人仍然扮演着一个冷静观察者，甚至没有太多的动作。老人则在暮色中织网，歇息时接受了一支香烟，和诗人谈起了年成。诗人的眼光在老人和他周围的世界移动着：渔房，跳板，储藏室，板凳，龙虾笼，桅杆，大鱼桶，手推车，木制绞盘，他使用的梭子和刀，以及他等待着的鲱鱼船。这些构成了一个古老而熟悉的世界，而鱼的鳞片和彩虹色苍蝇为这个世界增添了色彩。诗人用平稳的语气讲述着这些，就像平淡地讲着一个故事。而一切都被笼罩在寒冷的暮色中。但当我们读到这样的句子：

> 一切是银色的：海的沉重表面，
> 正缓缓地膨胀，仿佛考虑着溢出

在暮色中海面变成了银色，在不断涨起，这描写非常传神，也带给我们震撼。近乎电影中的慢动作镜头，与周围静止的景物形成了对比，使这首诗具有了动感，也将我们引进了一个陌生的、未知的世界。

于是，海豹作为第三个角色出现了。诗人使用了"他"，表明把他作为一个同等的生灵来看待，他似乎带来了另一个世界的信息，当他潜回大海时，也使诗人的思绪潜入其中。即，由一个现实世界进入了一个冰冷的未知世界。这个世界"寒冷黑暗幽深并绝对清晰"，而且：

> 要是你把手浸在里面，
> 你的手腕即刻就会疼痛，
> 你的骨头就会开始疼痛而你的手会灼烧
> 似乎那水是火的化身
> 它吃着石头并燃起暗灰色的火苗。
> 要是你品尝，它首先会是苦的，
> 然后是咸，然后当然会灼烧你的舌头。

就像我们想象的知识那样：

黑暗，刺激，清晰，动人，绝对自由，

　　在诗中，大海和知识被叠合在一起。这里面还有一些关于基督教的隐喻，如浸礼教赞美诗、圣诞树等，都使这首诗的寓意变得复杂起来。也许，这暗示着肉体和灵魂的关系，或个体灵魂和上帝灵魂的关系。那么这首诗表现了什么，按我们的说法，主题是什么？首先，这首诗为我们描绘了日暮时分海边的景色，像一幅优美的风景画，给读者以视觉上的美。其次，我们看到，在诗中分别出现了以老人为代表的经验的和世俗的世界，还有以海豹为代表的未知和超验的世界。海洋是人们难以忍受的，但又是必要的。我们注意到诗的一开头，老人正在补网，而网的作用正是在又深又冷的大海里捕鱼。于是，两个世界在这个意义上就产生了联系。正是在这个基础上，毕肖普对全诗进行了升华，完成了对知识的思考。

　　毕肖普的诗主要是诉诸视觉。读她的诗，我们首先能感觉到她的敏锐的目光。她更像是一个天才的画家，精确，机智，深刻。相比之下，斯蒂文斯的诗虽然色彩艳丽，但在细致的刻画上明显不如毕肖普。毕肖普常常会把普通的事物放大，让细节清晰呈现，并使之由具体变得抽象。她有时也会运用色彩稍加点染，着色不多，却会造成非常好的效果，比如前面提到的对大海的描写就是这样。她一生漂泊不定，却喜欢旅行，很多诗都是她在旅行中观察后写出的。她的笔触细腻，准确、明晰，又很大气，使她有别于其他女性诗人，就是在男诗人中，也很少有人能够达到她的力度。虽然她的诗结构看上去比较单一，但有效，往往是从一个描写或叙述开始，并引入沉思。她的诗是铺陈的，但并不缺乏诗意。

　　毕肖普的诗基本上运用口语，但经过了精心的处理，既有语感，也显得凝练，有很好的控制力。她很注重章法，读她的诗，我们在清晰、准确后面仍然能感觉到复杂的经验，这是她的诗每一句每一节读起来都很清晰，通篇读起来却很难读懂的一个重要原因。她没有艾略特、庞德那样的鸿篇巨制，她在自己经验的基础上挖掘并提炼，使朴实无华的句子后面洋溢着盎然的诗意。审慎、谦逊和丰富深沉构成了她独有的风格，这在美国现代诗歌中是独树一帜的。

（1917—1977）

ROBERT LOWELL

洛威尔与自白派诗歌

罗伯特·洛威尔开创了自白派诗风，对美国诗坛产生了深远的影响。提到洛威尔，我不禁想到了他的几个句子。第一个句子很有趣，他说流泪相当于我们用"双眼尿尿"。这个句子也许没有太多的含义，但很机智，同时也带点恶意，是对神圣感的一种亵渎。因为历来都认为眼泪是纯洁的，把流泪比作眼睛尿尿，就很好玩了。

第二个句子则很严肃："如果我们看见隧道尽头有一线光明，那正是一列火车驶来的灯光。"我只经历过坐在火车上经过隧道，里面漆黑一片。如果在里面行走，肯定既危险又恐怖。在史蒂芬·金等人的恐怖影片中，隧道往往是作为通往另一个世界的通道，也是阴阳两界的界限。当然洛威尔不是写恐怖片，但他这两行诗表现出的生存处境同样让人胆寒。漆黑的隧道出现了灯光，是让人高兴的事，但当你意识到这灯光是来自在狭窄的隧道中冲向你的火车时，还能高兴起来吗？

第三个句子更为悲观：我自己就是地狱。这是对萨特的一个回应。萨特在他的剧本里面借一个人物之口说，他人就是地狱。这是对存在主义观念一个有力的表述。存在主义关注人与人之间的关系，认为每个人都是一个独立存在的世界，人与人之间难以沟通，且互相侵犯。洛威尔则更进一步，每个人自身构成了自己的地狱，使人的存在变得更加严酷。

洛威尔思想很深刻，视野也开阔。似乎站在了文学的转折点上，他的创作经历了两个不同的时期。他早期的诗作受到新批评派的影响，代表作是《威利老爷的城堡》（1946）和《卡瓦诺家的磨坊》（1951）。这些诗语言和句法都比较严格，格律严整，带有智性成分，同时融入了历史文化，尤其运用了基督教的神话，带有明显的宗教色彩。《威利老爷的城堡》使得洛威尔名声大噪，并获得普利策诗歌奖，他与他的诗歌前辈艾略特、庞德、弗罗斯特、奥登、威廉斯、燕卜荪也因此建立了友好关系。

第二个时期以他的诗集《生活研究》为代表。在经历了个人生活和精神的危机的同时，他在写作上也出现了危机。经过很长时间的探求，他于1959年出版了《生活研究》，诗风发生了很大变化，由原来的险怪变得平易。原有的格律体被打破了，严整的句法也变得松弛起来，隐喻和象征也不见了。他通过朗诵来修改自己的作品，有时增加一两个词，有时也对诗进行简化，或把里面的拉丁文改成英语。最重要的是，他在直截了当地叙述自己的生活，开掘自己的内心世界。他的家族史和个人生活在这些诗里暴露无遗。正是这个缘故，他的这些诗被称为"自白诗"，后来他和具有相同创作趋向的贝里曼、普拉斯和塞克斯顿等人被合称为"自白派"。

因此可以说，洛威尔的创作完成了现代主义向后现代主义的过渡。为什么会发生这么大的转变？既然他已经是一位很成功的诗人，为什么要放弃辛勤探索出的道路而走上另一条路？

简单地说，洛威尔以前的诗太像是诗了。形式把情感包裹得很紧，于是他需要一种更能表达自己内心真实的形式，也就是说，他需要找到一种更加自由、更加开放的形式。当时代发生了变化，人们的观念和情感方式也会随之变化，作为文学艺术，在形式手法乃至观念上也必须适应这种变化，才能更好地表达内心的真实。人们总是喜爱谈论诗意，总是会说这个有诗意，那个没有诗意。殊不知诗意是处于不断的变动中的。今天的诗意，在明天看可能就会变成了陈词滥调，这也就是写作者不断寻求变化的原因和动力。《生活研究》被称为战后美国诗歌的支点，不仅仅代表了洛威尔写作生涯的转折，也对美国诗歌意义重大。这意味着美国诗歌进一步从学院派的桎梏中走出，诗人的个性和自我内心得到了更加自由的表达。从《威利老爷的城堡》到《生活研究》，洛威尔完成了一次跨越，从现代主义到后现代主义的跨越。

洛威尔出生在波士顿，这是美国最具欧洲色彩的城市。2001年，我曾去过这座城市。离我们住的宾馆不远，是一条很宽的街道，两旁的树丛掩映着一个又一个小酒吧。美国的著名学府哈佛就在这座城市，我们参观了哈佛的燕京图书馆，观看了里面的中文藏书。当我们乘车路经查尔斯河时，我不禁想到，洛威尔曾经不止一次在他的诗中写过这条河。

洛威尔的家族是新英格兰的名门望族，这个家族出过不少名人。洛威尔的父亲当过海军军官，他的炮艇到过中国的长江，当时他是一名十九岁的少尉。他一生一事无成，和妻子的关系也不和睦，很早就死去了。母亲夏洛特·温斯洛，也是来自新英格兰一个古老的家族。

洛威尔是独生子，从小就具有叛逆性格。人们容易对叛逆性格产生偏见，却很少有人愿意真正分析一下产生这种性格的原因。具体说到洛威尔的反叛，也许是先天的，因为诗人天生就是叛逆者。后天的原因是，他从小生活过于优裕，而家庭环境的窒息，加上他母亲的盛气凌人，也会造成他的这种性格。另外也有精神方面的原因，他年轻时易怒，曾看过心理医生，后来还一度住进过精神病院。人们很容易把诗人当作疯子，甚至有人说天才都是疯子，我不知道情况是不是这样，但自白派的另外几位诗人，如约翰·贝里曼、西尔维亚·普拉斯和安妮·塞克斯顿都有精神方面的问题，他们最终都自杀身亡。洛威尔幸运地闯过了这一关，然而，就在六十岁的那年，他死于心脏病。

洛威尔不像庞德那么傲慢，也没有弗罗斯特那么刻薄，他内心充满了激情，这些从他的诗中可以看出。这大约是他的修养所致。但他常常我行我素。年轻时，他为了要和一位比他大五岁的女人结婚，与父亲发生了争执，竟然把父亲打倒在地。后来他认识了诗人退特，在退特的影响下，不顾家人的反对，毅然从哈佛转学到新批评派代表人物兰塞姆执教的肯庸学院。在那里他结识了一批诗人和批评家，并背离了他的家族信奉的新教，加入了天主教。

二战期间，因为看到盟军对德国城市德雷斯顿的平民的毁灭性轰炸，产生了对战争的反感。他信奉的天主教也使得他反对战争。于是他拒服兵役，被判了一年刑。这段经历后来被他写进了《回忆西街和莱普克》中：

> 我曾是激烈反战的天主教徒，
> 发表过狂热的宣言，
> 斥责这个国家和总统，然后
> 坐在拘留所的长凳上等候判决，
> 旁边是一个头发大麻一样
> 卷曲着的黑人小伙。
> 判了一年，
> 我散步在西街监狱的屋顶，一小块
> 圈地像我中学时的足球场，
> 每天一次看着哈德逊河
> 透过乌黑的晾衣绳般的铁丝网
> 和变白的黄褐色的公寓。
> 来回走着，我唠叨着形而上学

在监狱里，他和贩毒者及杀人犯关在了一起，这带有很强的讽刺意味。但这种惩罚并没有能够使他改过自新。在越战时，他写信给当时的美国总统约翰逊，表示他对越战的反对，还拒绝参加白宫的艺术节。

自白派给人的感觉可能是非理性的，比如，他们无所顾忌地倾诉自己和家族的历史、隐私、潜意识，甚至是最为隐秘的思想活动，就像病人面对心理医生那样。大胆、暴露，是自白派诗歌的最为突出的特点。他们一方面在诗中放纵自己，另一方面也从艺术的角度出发，对"自白"加以控制。我觉得在这方面洛威尔做得最好，他受到严格的学院派的训练，技艺精湛，把理性和感性结合起来，大胆、开放而又不过于放纵。我们看《生活研究》中的一首《夫与妻》：

　　　　受制于眠尔通，我们躺在母亲的床上；

　　　　盛装的初升太阳把我们染成红色；

　　　　广阔的日光中她镀金的床柱闪闪发亮，

　　丈夫和妻子指的是洛威尔和他的第二任妻子伊丽莎白·哈德威克。哈德威克是一位文学批评家，当时患有严重的精神疾病。眠尔通是一种镇静剂，诗人显然是在写他们服了药后的情形。有的评论家指出，尽管这首诗基本上是写实的，但在个别地方仍然使用了隐喻和暗示。比如，在畏惧激情和活力的患病的诗人眼中，"把我们染成红色"的"盛装的初升太阳"让人们想到了印第安人，而"闪闪发亮"的床柱则使人联想到酒神狄奥尼索斯在举行仪式时随身带着的神杖。这就与下文的"放纵，几乎变成酒神"联系起来了。

　　紧接着是对街上景物的描写：

终于马尔波罗大街的树绿了，

我们的玉兰花点燃了

早晨，用它们残忍的五天洁白。

这是非常优美有力的诗句，但并不是简单的景物描写。马尔波罗大街是波士顿的一条街，洛威尔就住在那里。在另一首诗中，他称这条街为"毫无热情的马尔波罗大街"，他用带点嘲讽的语气来形容那条街：

那里甚至在

后面巷子清理垃圾箱的人，

也有两个孩子，一辆旅行车，一个伴侣，

还是一个"年轻的共和党人"。

诗人写到马尔波罗大街的树绿了，写到白色的玉兰花点燃了早晨，这是向读者提示事情发生在四月，但更多是在向读者提示四月是残酷的月份，就像艾略特的笔下所描写的那样，尽管艾略特写的是荒原的景色，而洛威尔描写的是城市的街景。诗人是悲观的、病态的、厌倦的，因为他生病服了药，因为他的生活和婚姻出现了危机。于是在他的眼里，太阳像可怕的野蛮人，玉兰花的白色也使人无法忍受，想到了残忍。

这里有个词我们不应该忽视："终于"。这个词在这里的分量很重。"终于马尔波罗大街的树绿了"，仿佛是一声悠长的叹息，也表明作者经过了漫长的期待。也许，当他在床上漫不经心地向外望去，发现窗外的树绿了，四月来临了。但这些似乎也并没有给他带来任何希望。如果没有这个"终于"，那么这句诗的效果就会减弱不少。

下面他把目光转向了妻子，这是他痛苦的症结所在：

> 整个晚上我握着你的手，
> 似乎你有
> 四分之一时间面对疯狂的王国——

"四分之一时间面对疯狂的王国"是指他的妻子心智不清，在很多时候处于疯狂状态。这使得他回忆起年轻时他和妻子生机勃勃的样子，这个部分写得很放松，似乎直接在向妻子倾诉。妻子当时年轻漂亮，在诗中他这样赞美她："上帝所有造物中最纯净的，依然有全部的风姿和勇气"。他写到和朋友拼酒，自己竟然烂醉如泥，倒在了她的脚下。但时光流转，一切成为过去，诗人又把目光转向了现在：

> 现在二十年过去，你转过背去。
> 失眠，你抱着
> 枕头在你的腹中像个孩子；

这里写得节制而意味深长。时间带来的变化固然让人心酸，但诗人已是见怪不怪，因此娓娓道来。而结尾诗行又像开头那样变得浓缩而强烈：他回想起妻子旧日的演说，竟然像大西洋一样，在诗人的头上断裂。

《在蓝色中醒来》一诗则描述了诗人在精神病房的生活。诗的开头从一名业余充当夜间陪护的波士顿大学二年级学生写起，他从一本书上抬起他方才昏昏睡去的头来，悄悄地从走廊经过。这意味着夜晚过去，天已经亮了，又是新的一天。在这里，诗人似乎漫不经心地提到了那本书的名字：《意义的意义》，这显然是一本谈论人生意义的书，而在精神病房里面读这样的书，不免带有反讽意味。但诗人不露半点"口风"，只是列出书名，让我们自己去品味。

作为一种修辞手段，反讽在西方现代诗里占据很重要的位置。反讽就是说出的话与公认的或表面的意思相反。西方理论家们把反讽分成语言反讽和情境反讽。诗人奥登就是一位反讽大师。他有一首诗叫《美术馆》，第一句是："关于痛苦，大师们决不会错。"我们从他的语气中感觉得到他并不真的相信这一点。有人指出，以学习奥登著称的中国诗人穆旦把这句诗译成了"关于痛苦他们总是很清楚的"，字面的意思没错，但反讽的意味没有了。当然这不能怪穆旦，因为在二十世纪四十年代时，中国诗人还不会运用反讽这一手法，不独穆旦为然。

接着诗人写道：

蔚蓝的一天
使我极度痛苦的蓝色窗子更凄凉。

晴朗的日子没有带给人宽慰，反而使被关在屋子里面的病人更加感到凄凉，因为蓝天对于他们来说，只是意味着一扇蓝色的窗子。于是：

> 我的心变得紧缩
> 仿佛一柄刺出的致命鱼叉。

中间一段又变得舒缓，他在精神病人的身上发现了他们对正常生活的渴望：

> 我对斯坦利露齿一笑，现在他进入六十岁，
> 曾是哈佛全美队后卫
> （如果这是可能的！）
> 仍然保留着二十岁时的体型，
> 当他泡澡，一只瘦长的
> 满是肌肉的海豹
> 在他的长浴盆中，
> 尿味从维多利亚马桶中隐隐发出。
> 君主般的戴深红高尔夫帽的花岗岩侧影，
> 整日戴着，整夜戴着，
> 他只是考虑他的外形，
> 只是靠冻果汁和姜汁啤酒减肥——
> 断送的是词语而不是海豹。

就这样一天闯入麻省的勃迪奇大厅；

带头罩的夜灯引出了"博比"，

波赛里安 29 届，

一个不戴假发的

路易十六的复制品——

气味扑鼻，圆滚滚的像一头抹香鲸，

当他装腔作势地穿着生日套装

骑在椅子上时。

这些虚张声势的年轻人的获胜形象。

在白天的界限中，

几小时接着几小时，在短头发的工作人员

和罗马天主教陪护的

略带点荒诞的单身汉的眨眼中过去。

而在诗的结尾，气氛变得更加令人不安：

那些有教养的带精神病症的

收缩着的本地人的脸中，

年纪是我的两倍体重是我的一半。

我们全是老资格了，

每个人都握着一把保险剃刀。

洛威尔在这里运用了矛盾修辞。最后一句说，每个人的手里都握着保险剃刀。剃刀和前面提到的"鱼叉"一样，是危险而致命的，但加上了"保险"二字，情况是否会变得好些？我们不知道，洛威尔也同样不知道。因为精神病人的举动总是出人意料的。他们永远处于危险和安全的边缘。

洛威尔早期的作品写得严谨、结实，而在他那些带有自白风格的诗中，诗行则变得松弛了。但这是就总体情况而言的。在这首诗中我们看到，他是有张有弛、控制自如的。里面有着带有强烈情感的浓缩性的句子，也有近乎散文化的叙述。两种不同的风格和写法，在他的笔下，竟然浑然一体，天衣无缝，他的技艺不能不让人叹服。

《臭鼬的时刻》是题献给毕肖普的，内容却与毕肖普没有关联。洛威尔从毕肖普的风格尤其是《犰狳》一诗中受到了某种启示，把这首诗题献给毕肖普，是一个诗人向另一个诗人表示敬意，就像当初艾略特把《荒原》题献给庞德一样。

这首诗开头写螺岛上的一位贵族老太太，住在简陋的小屋里，衰老不堪，却仍然渴望着维多利亚女王时代的森严等级。她不愿别人分享她的一切，就买下对面海岸的一切看得见的东西，让它们倾圮。这里的百万富翁死去了，他的快艇卖给了当地捕龙虾的渔民。另一个开店铺的赚不到钱，也去结婚了。

交代过背景之后，诗人在一个黑暗的夜晚，开着车爬上山去。他看到情人们的汽车，一排接一排，熄灭了灯光。这景象使诗人产生了一个奇怪的想法：

那里墓地排列在市镇之上……

我的脑袋不对劲儿。

把一排排的汽车同坟场联系起来，想象确实显得有些突兀，但里面有着更高层次的真实，这也使人想起当艾略特看着伦敦桥上的行人，想到了但丁笔下地狱中的鬼魂。然后又是一个反讽，这些人分明是在偷情，一辆车里的收音机却尖声唱着一首流行歌曲："啊爱情，荒唐的爱情。"诗人的反应是：

我听见

我的恶魔在每个血球里哭泣，

好像我的手扼住它的喉咙……

我自己就是地狱；

在诗的结尾，诗人看到一群臭鼬在月光下面觅食，他们的毛皮上有白条，出没在三一教堂的"干燥白垩色的带横梁的尖塔下"。他们发出臭气，一个母臭鼬把尖尖的头插进一个酸奶的瓶子里，并且"驼鸟似的垂下尾巴，什么也不怕"。

臭鼬代表着什么？这一点很费解。但它们的出现恰到好处地烘托出小镇的衰败与异化，也充分展示出洛威尔的新的风格。

艾略特的新批评原则很重要的一条就是非个人化。非个人化就是在最大限度上压抑个人的情感，把个人的情感提升到一个普遍意义上去。艾略特很好地贯彻了这个原则。但洛威尔坚定地从个人的感情入手，以个人化手法写出了《生活研究》。让我们感到意外的是，作为非个人化原则倡导者的艾略特竟然对《生活研究》大加赞赏，要他拿去出版。而作为洛威尔好朋友的退特，却劝洛威尔不要出版，因为他认为里面有些诗写得不够好。

退特的劝告也许不难理解，他确实接受不了这种新的大胆的诗风的出现。可艾略特的态度却使人大跌眼镜。我的理解是，艾略特提出的非个人化原则，是针对浪漫主义滥情的诗风而言的。如果写作仅仅是表达了个人的情感，而不能上升到一个普遍的意义上去，那么这种写作是没有多少意义的。但如果作品表达的既是个人独特的情感，而又具有普遍性，那么这种个人化是值得赞扬的。艾略特在一篇文章中赞扬过叶芝的个人化，并且认为叶芝更加成功的原因就在于这种个人化，也正是出于这方面的考虑。在写作中没有绝对的原则，原则在某种程度上都是出自策略性的考虑，好的艺术创作总是对既有原则的挑战和破坏，并建立起新的原则。

艾略特确实称得上是一代宗师，他提出原则，并不囿于原则，也不会因为要顾及自己的面子而对与自己写作方法不同的年轻诗人大加讨伐。另一方面，好的作品是可以用不同的甚至是相反的方式写出的，这就是我从中得到的启示。

在《生活研究》之后，洛威尔又出版了《献给联邦死难者》，其中的同题诗也是一首杰作，富有洞察力而意蕴深远。在美国的南北战争时期，活跃着一支由肖上校率领的黑人队伍。这位肖上校与洛威尔家族颇有些渊源。肖的妹妹约瑟芬嫁给了洛威尔的先人查尔斯·拉塞尔·洛威尔。而这位拉塞尔先生后来和肖上校一样死在了战场上。肖死后，按他的遗愿，遗体被送回了马萨诸塞州，和他的战友们葬在了一起。在拉塞尔写给妻子的一封信中，也谈到了肖的后事。他说，我很感谢他们把他和他的黑人弟兄埋在了一块。1960年，洛威尔应邀参加波士顿艺术节，并朗读了这首诗。这是一首历史诗，也是一首关于家族的诗，但无论如何，这首诗有着更为广阔的背景，它的意义甚至远远超出了内容本身。

这首诗不仅写到了肖上校，还写到了肖的纪念碑。这座纪念碑是1897年为纪念肖和他的马萨诸塞第54步兵团而设计的，它矗立在波士顿市中心对面的马萨诸塞州市府大楼的广场上。纪念碑的浮雕上刻着肖上校骑在一匹马上，被他的马萨诸塞州第54步兵团的士兵们所簇拥。

南北战争围绕着农奴问题展开。是维持旧有的农奴制，还是建立真正的民主制度，解放黑奴，使他们具有和白人相等的权利，成为引发这场战争的焦点。当然，南北战争以代表联邦制的北军取胜而告终，但种族歧视问题直到二十世纪六十年代仍然没有完全消除。在这首诗中，洛威尔没有老生常谈地去赞美肖上校和他的队伍如何英勇，如何为消灭农奴制做出了贡献，而是把着眼点放在了人们最为关切的现实问题上。他是在用历史上的英雄来针砭当下的社会现实。诗的结构也很独特，没有直接去写纪念碑，而是先从波士顿的水族馆写起，在诗人的笔下，这个古老的水族馆伫立在白雪的沙漠中，被打破了的窗子钉着木板，鳕鱼形状的风向标上面的鳞片剥落了大半，贮水池也已经干涸。

面对这衰败破落的景象，诗人回想当年的情景，他把鼻子贴在玻璃上，为了凑得更近，他的手也跃跃欲试，想捅破从鱼鼻子上面冒出的水泡。

这显然是童年时的情景。里面的句子很形象，比如"我的鼻子曾经像蜗牛在玻璃上爬"。然后诗人又回到了现实。"我抽回了手。"这个句子很巧妙，耐人寻味。这是成年后的诗人回想起当年的情景时，情不自禁地把手伸了出去。但紧接着，他意识到了那已成为过去，就把手抽回。通过这个看似简单的动作，完成了一次在现在和过去间的穿越。接着，诗人笔锋一转，又写到了去年三月时看到市府周围在施工修建地下停车场。恐龙般的黄色挖土机在低吼，它举起成吨的雪泥和草，大楼也被震动了，它面对着内战浮雕。而这座浮雕"也得靠木头支撑抵挡车库的地震"。

这些都是波士顿的现代城市风景，我们从中看到了现代化带来的破坏。我们通过洛威尔的描写，感到的不是振奋而是沮丧。后一句是写实，看不出什么。但总是感到诗人在告诉我们些什么。也许不仅是浮雕本身，还有浮雕所代表的历史和精神也要用木头来支撑，才能抵挡现代社会所发生的变化？

好了，经过一番跋涉，我们终于来到了纪念碑前。让我们来看诗人怎样描述黑人士兵在那场战争中的业绩和这座纪念碑。他没有详细描述，而是使用了高度概括的语言：

从波士顿行军两个月后，

半个步兵团死去；

简洁但意味深长，在看似简单叙述中，战争的酷烈自在其中。中国古代的《木兰辞》中也有类似的描写：

> 将军百战死，壮士十年归。

艺术需要细致的描写和刻画，这样做是为了烘托气氛和营造情境，给人以身临其境的感觉；艺术更需要概括，因为艺术的本质就是概括，即通过个体来体现普遍，通过局部来体现全体。我们再看下一句：

> 在致辞时，
> 威廉·詹姆斯几乎听到青铜黑人的呼吸。

这句诗紧接着上面提到的"从波士顿行军两个月后，/半个步兵团死去"。其中有两点值得注意，一是为什么写到威廉·詹姆斯。詹姆斯是美国著名的哲学家，他的弟弟亨利·詹姆斯是美国二十世纪最具影响力的小说家之一。1897年这座纪念碑落成时，威廉·詹姆斯受邀为纪念碑做揭幕演说。在演说中，詹姆斯说他仍然"听得见黑人战士的呼吸"。二是洛威尔在这里再次成功地进行了一次跳跃。前面我们曾经提到他那只抽回的手，这里他引用了詹姆斯在揭幕典礼上的演讲，就是在暗示纪念碑的落成。他在黑人士兵前面加上了"青铜"，使指向更加明确。在短短的几个句子里，他既交代出了黑人士兵的业绩，也写出了纪念碑的落成，转接巧妙而不露痕迹。这样的技巧真的是很卓越。

下面诗人开始描写纪念碑：

> 他们的纪念碑像根鱼刺
>
> 卡在这城市的喉咙里。
>
> 他们的上校瘦得
>
> 像罗盘上的针。

我看到过这座纪念碑的图片，并不是洛威尔诗中描写的样子。洛威尔这样写，既是带有感情色彩，也是出于艺术上的考虑，进行了夸张。"卡在这城市的喉咙里"表现出洛威尔对这座城市的失望。然后洛威尔写到了保险箱广告上的广岛的蘑菇云，写到了电视屏幕中的黑人小学生"干枯的脸像气球一样升起"。他的视点又重新落在水族馆上。水族馆被拆了，可到处是汽车，像去了鳍的大鱼一样游着，而"一种原始的奴性，在润滑油上滑过"。这些都与带有崇高精神的纪念碑形成了鲜明的对照。

这首诗显然经过了精心组织。从一开始，诗人的目光就像摄影机的镜头一样缓缓地移动，从水族馆一直到市中心广场，然后落在了纪念碑上。在对纪念碑进行了特写后，诗人又为我们展示一幅阴沉的甚至带着怪异的现实图景。通过这些场景的不断转换，诗人的褒贬也自在其中了。

洛威尔后期的诗歌把早期风格同自白特点有机地结合在一起，视野更加开阔，内容也更加广泛。他用不规则的五步抑扬格写了大量的十四行诗，这些十四行诗较之严格的十四行诗要自由、松散些。这些诗大都是关于当前事件并穿插着对历史的沉思，从中我们看到了洛威尔从对个人或家族历史的自白延展到更加广阔的空间。诗人通过日记般的记叙和对日常细节的捕捉，以及突如其来的跳跃和联想，使我们仿佛通过窗子的一角看到了某种迷人的景色，从而带给我们更多的联想。而正是由于诗歌篇幅的限制，迫使诗人抓住最典型的细节和意象，以扩大诗的内涵和容量，因而使这些诗具有相当的难度，展示出高超的技艺。诗中写到了不少历史人物，也包括一些当代诗人，如他所熟悉的艾略特、庞德及弗罗斯特等人。在《历史》一诗中，洛威尔表明了他的历史观：历史得和现实并行，我们必须把握和探索所有的一切。他比较了生活和写作，生活虽然继续着，但结局仍然令人悲观：

> 历史得和这里的一切活下去，
> 抓住并紧紧摸索我们所有的一切——
> 我们死去的方式黯淡而可怕，
> 不同于写作，生活从不完结。
> 亚伯完结了；死亡并不遥远，
> 电光一闪把无神论者摄入镜头，
> 他的母牛拥挤着，像靠近高压线上的头骨，
> 他的婴孩整夜哭着像一架新机器。
> 像在我们的《圣经》里，脸色苍白，掠夺成性，

美丽的、醉意朦胧的捕猎者的月亮升起——

一个孩子就能给它一张脸：两个洞，两个洞，

我的眼睛，我的嘴，它们中间是没有鼻子的骷髅——

哦一种可怕的天真在我的脸上

渗满了晨霜银色的残渣。

他也在写个人生活。《唱片》是写给他离异了的第二任妻子伊丽莎白·哈德威克的，深情而伤感：

……我在星期天放唱片，

整理着我的全部唱片，我偶然

发现你的一些声音，就去建议

哈里特来听：紧接着

我们两个都摇头了。这就如同听着

死去的心爱的人的声音。

这是一种全新的感觉……这个早上

我接到了信，你星期六写给我的信。

我想我的心会破碎一千次，

但我宁可读它一千次

也不愿拆开你以前写的不真实的那些——

你一定知道我对你的了解，对着

某个好战、虚幻的人说谎——

爱被他的无法理解的疏忽击败。

有思念，有责备，有体谅，但笼罩在这一切之上的仍然是爱。

1977 年，洛威尔和哈德威克重归于好。不久后，在一次旅行回家的路上，他心脏病发，死在出租车上。《跛》是他最后一部诗集《日复一日》中最后一首诗，可以看成是他对自己一生的回顾和总结：

那些神圣的结构、情节和韵律——

此刻为什么无助于我？

当我想写出一些

想象的、而不是回忆的诗句。

我听见我自己声音发出的噪音：

画家的眼光不是一个镜头，

它战栗着去抚爱光线。

但有时我用我眼睛的

陈旧艺术写下所有事物

仿佛是一张快照，

苍白，快速，花哨，纷杂，

从生活中拔高，

但被事实所破坏。

一切都不相称。

但为什么不去说出发生的事情？

请求维米尔那种

准确的优雅，把太阳的光亮

偷偷地像潮水漫过地图

带着渴望投在他的女孩的立体上。

我们是些可怜的短暂的事实，

被告知给了在照片中的

每一个形象

他活着时的名字。

　　诗中提到了十七世纪荷兰重要的画家维米尔，他善于捕捉光线，通过光线和色彩的细微变化构成对象的立体感。洛威尔渴望能够像他那样创造出精确优雅的不朽的艺术品，而不是像那些苍白、花哨的快照一样。但另一方面，罗威尔悲观地意识到，我们作为历史的产物，不过是些短暂的，甚至是微不足道的存在。写作就是命名，但是有限的命名，没有什么能够长存。这首诗的调子既高昂又绝望，代表了洛威尔的一贯风格。

　　洛威尔的诗部分采用了口语，但这是经过了提炼的口语，里面也有大量自造的词语。他的句法也很丰富，平易中带有险怪，显得很晦涩。他从学院派起步，接受了威廉斯等人的影响，更是受到了二十世纪五六十年代反文化运动的启示，开创了一代诗风，完成了美国诗歌从现代到后现代的转变。他大胆而有节制的自白，道出了他那个时代知识分子的困惑、绝望。作为被公认的二战后美国最重要的诗人，洛威尔用极其个人的声音表达了他所处的那个时代，他的贡献是卓越的。

（1932—1963）

SYLVIA PLATH

普拉斯的钟形罩

诗人向来寂寞，无论中外皆是如此。但女诗人普拉斯在死后成了令人瞩目的公众人物，关于她的身世，她的死，总是有说不完的话题。著名影星格温尼丝主演的影片《西尔维亚》演绎了她的一生，无疑会使她的不幸身世传播得更广。

西尔维亚·普拉斯算得上是位天才诗人，尽管她的诗艺和一流大诗人相比要逊色些，而且写作的时间也不算长。她只活了三十岁，虽然从八岁就开始写诗，但那些诗大概也只能算是习作。她的诗艺从真正成熟到她的辞世，也只有几个月的时间。但为什么她在死后会引起人们这么多关注呢？我想并不仅仅在于诗歌本身，而在于她的独特个性，在于她的不幸身世，在于她的死亡之谜，在于她和另一位诗人泰德·休斯的感情纠葛，在于她固有的以及被附加上的女权主义的色彩，等等，这些都使她成为长久的话题，无法真正安息。

普拉斯是自杀而死的。她死于1963年的冬天。普拉斯的朋友、作家 A.阿尔瓦雷兹在《观察家报》上发表的一篇文章中，描写了那个冬天，天气很坏，一直在下雪，交通瘫痪，水电也时断时续。在这样的环境中，普拉斯把头伸进煤气灶内，为自己的生命画上了句号。

　　说到一个人的自杀，原因往往是复杂的、多方面的，单一的因素很难促成一个人放弃自己的生命。西尔维亚·普拉斯一直具有自杀情结。她在波士顿的小镇温索普度过了童年，八岁那年父亲的去世对她构成了巨大的打击，而且终其一生都受到影响。从她的诗中我们看到，她对父亲交织着一种又恨又爱的强烈感情，爱和恨几乎同等强烈。这也许用弗洛伊德的学说可以解释吧。据说，当母亲告诉她父亲的死讯时，她发誓从此绝不再和上帝讲话。一天放学回家，她递给了母亲一张纸，要母亲在上面签名，发誓绝不改嫁。"绝不"我想在英文中或许是"never"。这是个语气很重的词。英国诗人迪伦·托马斯有一首流传很广的诗《拒绝哀悼死于伦敦大火中的孩子》，第一句就是"Never until the mankind making/Bird beast and flower"（绝不……直到创造人类、孕育鸟兽花木），用"never"来表明他态度的果决坚定。从这个细节中我们可以看到她极端的性格，日后她的自杀似乎也就不难理解了。

　　普拉斯在二十岁时就企图自杀，并实践过一次，幸好被及时发现，抢救了过来。美国桂冠诗人威尔伯写过一首诗《村舍街，1953》，里面就写到了这位普拉斯小姐自杀未遂后的境况：

　　　　衬着她的不死鸟火炉栏，埃德娜·沃德

　　　　俯身于中国茶具，把茶递给

　　　　受到惊吓的普拉斯太太；然后，转向

她苍白消沉的女儿、我的妻子和我
问我们喜欢淡点还是浓些，
是要牛奶还是柠檬？她询问。
来访看上去已经疲惫而冗长。
每个人都回应，告诉了她我们的需要。
现在该是以我这位快乐的
诗人作为例子的时候了，
像这样令人赞叹的西尔维亚，宁愿死去；
但是半感惭愧，无力去保护。
我是一个她遇到的笨拙救生员，
被潮水冲到他的浅滩，一个少女
她，远离岸边，被巨浪淹没，
此刻用珍珠的眼睛透过水面凝视着。

她的拒绝是那么的强大；优雅聊天时
我们对生命的劝说又是那么的
微小，那个夏天的午后，尽管
酿造的薄暮提示着一天将要结束。
埃德娜·沃德将在十五年后死去，
在如此优雅和从不流泪的
勇敢的八十八个夏天之后，
瘦瘦的手伸出，最后的话是爱。
活得长过那位被罚生的西尔维亚，

她将攻读十年，按她必须做的，

最终在诗中自由、无助和不公正地

展示出她才华灿烂的否定。

村舍街是威尔伯岳母的住所，普拉斯的母亲带着自杀未遂的女儿去那里，想请诗人开解一下普拉斯，让她振作起来，但诗人的劝慰得到的是普拉斯的坚决拒绝。普拉斯的第一次自杀没有直接的原因，第二次自杀却与她的丈夫泰德·休斯有关。

休斯声名卓著，被认为是拉金之后最好的英国诗人。普拉斯二十三岁那年，就读于史密斯学院，由于成绩突出，得到了富布赖特奖学金到英国剑桥大学深造，在一次晚会上遇到了正在那里攻读硕士学位的风度翩翩的休斯。两位诗人间的不幸恋情竟由一个喜剧性的场面开始。根据普拉斯的日记，休斯在她的眼中魁梧、肤色黧黑，是那里唯一在各方面和她相匹配的人。他的眼睛紧紧盯住普拉斯，于是他们溜到了一个偏僻的房间，在那儿，"他吻我，蓦地猛击我的嘴"，并扯掉她的红发带和耳环，当休斯的嘴唇移到她脖子上的时候，她在他脸颊上狠狠地咬了一口，"殷红的鲜血从他脸上汩汩地流出"。而休斯在诗中回忆，他喝醉了酒，当晚和朋友来到普拉斯宿舍的窗下，向窗子投土块，却没想到找错了窗子。

四个月后他们结了婚，生有一女一子。英国诗人和美国诗人联姻，郎才女貌，两个人又都才华横溢，一度成为诗歌界瞩目的对象。他们的婚姻维持了六年，普拉斯发现丈夫与加拿大诗人大卫·威维尔的妻子阿西娅有染，便愤然将丈夫赶出了家门，随后又在 1962 年的 12 月带着孩子到了伦敦。这段时间，她诗思汹涌，每天晚上靠安眠药入睡，第二天一早就起身，喝一杯咖啡，然后疯狂地写诗，几乎每天一首，一直持续到第二年的 2 月 11日自杀。这些都是她最好的诗篇，她生命的最后光华在这些诗中迸发出来。

关于普拉斯的死也有不同的说法。当时她正在和丈夫办理离婚手续，而休斯在同阿西娅同居。这使得她受到双重打击。尽管是她首先提出的分手，但据说她实际上无法容忍丈夫真正离开她，就像当初她无法忍受父亲的死带给她的巨大伤痛。她自杀前，为孩子备下了两杯牛奶、一碟面包和黄油，又小心地用毛巾把门缝塞好，然后打开煤气灶，把头放在了上面。

据一些知情人推测，普拉斯这次并不是真的想死，绝望中的她是想通过这样的举动发出一个求救信号，但不想阴差阳错，一连串的错误终于使她完成了十年前没有完成的事情。

在自杀前，普拉斯的医生向她推荐了一位心理医生，普拉斯写了信，约定就诊时间，但据说邮递员投错了地址，直到她死后一两天，才收到了医生的回信。另外，她事先与一位澳大利亚的女佣约好，第二天上午九点钟见面。当那位女佣按时赶到，却敲不开门。于是她又按响楼下一对画家夫妇的门铃，想请他们把门打开。但那两位老人也被泄漏的煤气熏得昏睡不醒，她只好打电话给介绍所。直到十一点，有工人到这所房子里干活，她才进到里面。在房门前她闻到了煤气，但这时一切都已晚了。在普拉斯留下的一张字条上，写着"请打电话给霍德医生"以及大夫的电话号码。

阿尔瓦雷兹分析说：

> 如果一切如常——要不是煤气把楼下的邻居熏昏过去而没法给帮工姑娘开前门——无疑西尔维亚是能救活的。我想她希望得救；不然何必留下大夫的电话号码呢？

阴差阳错，送了普拉斯的性命。但据为她医治心理疾病的霍德医生说：

> 对厨房准备得过分小心是非常明显的。我总是这样判断：这是结束她生命的早下决心的企图……她"选择"了没有人有空与她在一起的这种时刻。这行为发生在自杀极为普通的时间，在夜深人静的时刻。

无论普拉斯当初的想法如何，但生命已无法挽回了。普拉斯的死无疑使得她名声大噪，这就是死亡产生的轰动效应。而且，普拉斯的死亡原因和死亡方式，使她在一些人眼里成为受害者，而在另一些人的心目中则成为殉道者。休斯受到了严厉的谴责。有人指责是休斯杀死了普拉斯，当他参加朗诵会，有女权主义者向他高喊"杀人犯"，甚至有人把普拉斯墓碑上的"休斯"字样剜了去。

而休斯面对指责一直保持着沉默。他拒绝采访，从不回答记者的提问。他迟迟不出普拉斯的全集，还以保护子女为由，毁掉了普拉斯的最后一本日记，这些更是引起人们的不满。但现在有越来越多的资料证明，休斯和普拉斯之间的纠葛是一本糊涂账，是难断的家务事。比如，普拉斯的脾气忽冷忽热，如同忽阴忽晴的天气变化不定。比如他们分工轮流照顾孩子，一次轮到休斯回家带小孩，他晚回了二十分钟，普拉斯就顿起怒火，把他家祖传的桤木桌砸烂。而且，普拉斯对生活要求得太多，又过于敏感，一直有着自杀情结。这些都是酿成悲剧的重要原因。

就在 1998 年，身患不治之症的休斯一反常态，出版了诗集《生日信札》，诗集中的八十八首诗，除两首外，都是直接回忆他与普拉斯的关系的。为什么叫《生日信札》？这是因为每年普拉斯生日时，他都要写上几首，献给普拉斯。诗中流露的感情异常复杂，但无疑充满了对普拉斯的怀念。休斯在诗艺上明显高于普拉斯，后者从他那里学到了一些东西，但这次休斯采用了普拉斯的自白式的写法。也就是说，为了纪念一位自白派诗人，他采用了自白派的写法。

这本诗集在英国引起了轰动。人们排起长队购买这部诗集，初版的五万册很快销售一空。但人们关心的不是休斯的诗艺，甚至不是普拉斯不幸的命运，而更多是他们间的隐情。这是诗人的不幸，也是诗歌的不幸。

在分析普拉斯的诗歌前，我们先来谈谈普拉斯和自白派的关系。在一次 BBC（英国广播公司）的访谈中她曾满怀感激地谈到了两位诗人：罗伯特·洛威尔和安妮·塞克斯顿。她说通过洛威尔，"强有力的突破进入了非常严肃、非常个人的情感经验"，"特有的、隐秘的和禁忌的主题已经在最近的美国诗歌中得到挖掘"。她称塞克斯顿"诗艺精湛，具有一种情感的心理深度"。

我们知道，自白派并不是一个真正意义上的诗歌流派。自白派诗人只是被批评家们根据他们相同或相近的创作倾向而组合在一起的。自白派的开创者——如果有的话——无疑是洛威尔。我们前面谈到过，他在《生活研究》中，开创了一种新的风气，大胆在诗中写出了个人和家族的历史。另外几位被称为自白派的诗人，如贝里曼，既是他的朋友，又是他写作上的对手；如塞克斯顿和普拉斯，是他的波士顿大学诗歌讲习班上的学生。这些人都具有某些共同点：

他们都具有某种精神和心理上的问题，也热衷于精神分析。

他们都经历过个人和家庭的不幸，对生活充满了焦虑，渴望自杀或亲身尝试。其中三人都是自杀身亡的。

他们都关注个人或私人经验，敢于在诗中袒露自己的内心及生活中的不幸。他们一反诗歌传统中的节制和非个人化的主张，重新回归自我，但这已不是浪漫派那种乐观的、膨胀了的自我，而是深入到个人经验和潜意识之中。

他们大胆的自我袒露，与其说出自真诚，不如说是一种内在的需要。他们把生活和艺术融为了一体，难分彼此。

自白派采用开放的而不是封闭的形式，风格也呈现出多样化的特征。但由于个人经历不同，艺术趣味不同，他们在"自白"这一点上各有侧重：

洛威尔更多是写个人和家族的自传，贝里曼则是以一副殉道者的姿态出现，塞克斯顿的诗更像是日记，不厌其烦地记录下一切有关个人的东西。普拉斯并没有洛威尔的学识，也没有受过严格的学院派的训练，但她沿着洛威尔开掘的道路走向极端。她的诗更多是表现内在情绪的变化，有时是剧烈的冲突。

普拉斯的诗乍看上去似乎并不那么阴冷，仍然有着明朗的一面，里面的某些意象也接近浪漫派或早期象征派，比如玫瑰、月亮、飞蛾，等等，但在这些意象背后带有某种尖利、愤怒甚至绝望的调子。她仍然很好地控制住这些情绪，没有变成无节制的宣泄（尤其是在她早期的诗里），而是把个人经历和内心情绪转化为象征。她的诗中想象力颇为突出，刻画也细致，因此她的诗歌带有一种梦幻的效果。这也许是她成功并受到喜爱的一个原因。普拉斯常在作品中引用神话，或是用神话来做作品的框架。这些使得她看上去像一位先知或殉道者。普拉斯的这一特点与其他的自白派诗人有所不同。另一位自杀而死的女诗人塞克斯顿，写诗直露而大胆，几乎无所不写，当然，只要她想写。她的精神崩溃，她与父母、丈夫和孩子的关系，甚至她通奸、怀孕、堕胎，都毫无保留地写进了她的诗里。而贝里曼则是戴着面具写作，即假托别人。他写给自己的情人，标题却是《向布拉特斯特利特夫人致敬》，布拉特斯特利特夫人是第一位美国诗人，她十七世纪为了逃避宗教迫害，从英国来到北美。她的作品也带一点自白色彩，贝里曼写她，其实是借她谈自己的情人。在《梦歌》里，他则用了一位叫亨利的人物做主人公。而普拉斯醉心于神话，神话的运用一方面增加了普拉斯诗中的历史维度，同样也使她极端的个人经验转化成人类共同的噩梦。

　　她最有代表性的诗集《阿丽尔》就是以莎士比亚戏剧中精灵的名字作为标题的：

　　　　停滞在黑暗中。

　　　　然后是突岩和距离

　　　　无物质的倾泻。

　　　　上帝的雌狮，

　　　　我们就这样长成，

　　　　脚跟和膝盖的支点！——犁沟

　　　　蹚开并经过，褐色

　　　　弧线的姐妹，

　　　　在颈子上我无法触到，

　　　　黑人的眼睛

　　　　浆果抛落的黑暗的

　　　　钩子——

　　　　满嘴黑色香甜的血，

　　　　影子。

　　　　另外的事物

　　　　拖着我穿过空气……

大腿，头发，

从我的脚跟剥落。

白色的

戈蒂娃，我剥下皮……

死去的双手，死去的说服力。

而此刻我

对着麦地冒汗，一片闪光的海。

那孩子的哭声

融化在那堵墙里。

而我

是那箭，

是消失的露珠，

自杀的，随着驱动力

进入红色的

眼睛，那早晨的锅炉。

　　诗的语气较之早年变得急促而紧张，透过精心的修辞，我们仍能感到她内心的焦虑和愤怒。阿丽尔是莎士比亚《暴风雨》剧中火与大气的精灵，虚无缥缈，无影无踪。有趣的是，普拉斯于1961 至 1962 年住在德文郡时，每周骑的马的名字也叫阿丽尔。诗中提到的另一个人物戈蒂娃则是英国传说中的十一世纪科芬特里的守护神。为了废除苛税，她骑着白马赤裸着从大街上穿过。这一形象正好与"自白"的大胆自我谴责和暴露相吻合。

普拉斯的《高烧 103 度》与《阿丽尔》的题旨相近：

纯洁？这意味着什么？

这地狱的舌头

迟钝，三倍的迟钝

迟钝的舌头，肥胖的塞布鲁斯

在门前喘息。不能

舔净

寒战的肌腱，罪恶，罪恶。

火种哭泣着。

一根熄掉的蜡烛

无法消除的气味！

爱，爱，微弱的烟雾

在我身上翻卷像伊莎朵拉的丝巾，我害怕

一条围巾将缠住并使轮子不转。

这样黄色阴郁的烟雾

将会营造自己的环境。它们不会升起，

然而绕着地球转动

窒息着年老和温顺的人，

虚弱的

温室婴儿在小床里，

苍白的兰花

悬挂在空气中的花园中，

凶恶的豹子！

射线使它变成白色

在一小时内杀死它。

在奸夫身上涂油

像广岛的灰烬并侵蚀着。

罪行。罪行。

亲爱的，整个夜晚

我都在闪烁着，暗，明，暗，明。

被单变得沉重如同一个色鬼的吻。

三天。三个夜晚。

柠檬水，鸡肉

水，水让我作呕。

我过于纯洁，对你或任何人。

你的身体

伤害我就像世界伤害上帝。我是一盏灯

我的头是一轮日本纸的

月亮，我的黄金的锤薄的皮肤

无限精妙并无限贵重。

我的热度使你害怕吗？还有我的光。

我独自一人时我是一株巨大的山茶花

炽热并走来走去，红上加红。

我以为我正在上升，

我以为我会升起——

灼热的金属珠子飞着，而我，爱，我

是一块纯洁的乙炔块

处女

由玫瑰陪伴，

由吻，由小天使，

由那些粉红色事物意味着的一切陪伴。

不是由你，或他。

不是他，不是他

（我的自身溶解着，老娼妓的裙子）——

向着天堂。

　　高烧时产生的幻觉化作了诗句，里面除了大量的联想，如从高烧联想起地狱的舌头，又联想到守在地狱门口的怪物塞布鲁斯；从来自蜡烛或是高烧产生的烟雾联想到丝巾，联系到邓肯的丝巾（邓肯正是因为丝巾卷入车轮而致死），还有一些隐喻。说到隐喻，在自白派诗人中，普拉斯大约是最爱也是最善于使用隐喻的人。在《晨歌》中，她这样写儿子出生：

爱使你走动像一只肥胖的金表。

接生婆拍打你的脚掌，你赤裸的哭喊

便在自然万物中占据了一个位置。

　　用"肥胖"来形容金表，乍看上去有些匪夷所思。如果我们想到这是隐喻新生的婴儿，一切就顺理成章了。"肥胖"自然是指婴儿初生时的模样，"金表"用来表示婴儿在她心目中的重要。我们知道，生命常常用钟表来比喻，因为生命和钟表都与时间紧密联系在一起。而正是爱，使得一个新的生命降生。这无疑是个妙喻。

她的比喻与以往的比喻不同，往往与联想和下意识相关：

> 整个夜里你飞蛾般的呼吸
>
> 扑动在扁平的粉红玫瑰。我醒来静听：
>
> 一个遥远的大海在我的耳朵里。

这里的隐喻与联想是相关的。婴儿轻微匀称的呼吸被作为母亲的普拉斯巧妙地比作了"飞蛾"。而"扑动在扁平的粉红玫瑰"则是从飞蛾得到的联想，可能是指婴儿身上的红色被子，无论如何，后一个比喻是从前一个生发出来的。有了飞蛾的比喻，才会产生红玫瑰的比喻。"遥远的大海"则把婴儿的呼吸放大了，这说明了在母亲心中孩子的重要。在另一首诗中，她还把罂粟花比作"地狱之火"。

她这样形容救护车里的女人：

> 红色的心透过她的外衣开花，那么让人惊怕

这种大胆的、赤裸裸的比喻，正是带有自白派的特征。

在《爹爹》一诗中，她用了一个比喻来形容她与父亲的关系：

黑色的鞋子

我像只脚在里面生活了

三十个年头，可怜而苍白，

前一个是隐喻，后面的"脚"的比喻则是明喻，也是由前者
产生的。

她甚至有一首诗就叫《隐喻》：

我是一个在九个音节中的谜，

一头象，一所笨重的房子，

一个徘徊在两枝藤蔓上的瓜。

一只红色的水果，象牙，上等木料！

这条由发酵而变大的面包。

新铸造的钱币在这个肥胖的钱包里。

我是一个工具，一个舞台，一头怀崽的母牛。

我吃掉了一袋青苹果，

登上了一辆总不出发的火车。

这首诗有些费解。第一句清楚地告诉我们这是个谜，但同时
也向我们提供了解谜的钥匙。什么是谜？谜就是隐喻，或者说谜
是一半的隐喻，只向我们提供了能指，却同时隐藏起所指。谜的

引人入胜之处就是要我们根据能指的蛛丝马迹找出隐藏其中的所指来。我们注意到，全诗都与数字"九"相关，比方说，诗人告诉我们这是"一个在九个音节中的谜"，九个音节是指诗的每一行都是九个音节，而一共九句，我们会联想到怀孕也是九个月。里面的隐喻又与笨重、膨胀相关，我们就会想到诗人告诉我们，她怀孕了。这首诗不具备自白特点，更没有什么微言大义，只是借用了"谐趣诗"的写法。谐趣诗起源于希腊，盛行于英国，轻松、幽默，有的也带点讽刺，但不是那种尖利刻薄的讽刺，只是为了搞笑，属于纯粹的智力和技巧游戏。

我们说过，普拉斯醉心于自杀，在不少诗中，她都对自杀津津乐道。有一首是专门谈论她的自杀，她却给这首诗起了一个奇怪的标题：《拉撒路夫人》。

拉撒路这个人物来自《圣经》，他因患麻风病而死，是耶稣使他复活的。借用这个神话，普拉斯大谈自杀心得，并得出了这样的结论：

死亡
是一种艺术，和其他事情一样，

她说：

每十年当中有一年
我要尝试这件事——

她坚信她将在死亡中获得新生，就像拉撒路一样：

从灰烬中

我披着红发升起

我吃着男人像空气一样。

事实上，她做到了。正像她的传记作家，同样也是诗人的安妮·史蒂文森所说的那样："在她自杀四分之一世纪后，西尔维亚·普拉斯成为女性主义运动的英雄和殉道者。她用自己钟形罩似的悲剧性的创伤的个体生命作为这出悲剧的舞台监督。她死前不久写的最后十二首诗，定义了一个虚无主义的形而上的死亡，这样她最终得到了一个独一无二的、高贵的消逝。"[1]

无论如何，诗人的命运是值得同情的，她狂热地追求幸福，却付出了生命的代价。她的生命燃烧成她的诗，在这熊熊的火光中，她真的获得了重生，当然只是在诗歌的意义上。

---

1 （英）安妮·史蒂文森：《苦涩的名声》，王增澄译，昆仑出版社，2004。

（1930—   ）

GARY SNYDER

加里·斯奈德与禅宗

最早接触到斯奈德还是在二十世纪八十年代。那时我正对禅宗着迷，也喜欢读一些带有禅意的作品，斯奈德的诗就在其中。当时他的诗在国内很少翻译，便托正在国外读书的老友金雪飞帮我找些有关他的作品，很快雪飞寄来了他的两本诗集的复印件，一本是《砌石》，另一本是《龟岛》。前一本诗集中有着诗人的一幅照片：短发，一张平和而不修边幅的脸，略有些沧桑感，带着微笑，身穿一件带格子的坎肩，看上去普普通通，丝毫不像一位诗人。

　　斯奈德参加过垮掉派运动，但他的诗一点也不张扬，反而显得平和而内敛，更具东方况味。

　　谈论斯奈德有两个问题绕不开。一个是禅宗，他是禅宗信徒，他的思想深受道家和禅宗的影响，就像庞德受到中国儒家思想的影响一样。再一个是日本俳句。美国人借鉴东方诗歌艺术，除了通过中国古典诗人，如白居易、寒山等人，日本俳句也颇受他们的喜爱。俳句简省短小，再加上纯粹的东方意味，自然能吸引以奢华放纵为主的西方读者。这两者都不同程度地体现在斯奈德的创作和行为上。

先来说禅宗。禅宗是外来佛教与中国文化的共同产物，佛学传到中国后，与老庄、儒家思想合流，形成了禅宗。因此，可以说禅宗是中国式的佛教。

　　禅宗不主张坐禅和读经，认为通过顿悟，就能认识到自己身上的佛性而成佛，即见性成佛。顿悟很有意思，是说一下子感悟到佛法的真义。顿悟有多种途径，比如说，听了师父的点拨，或受到当头棒喝，或是一个突然的声音，包括日常的劳动（担水砍柴，无非妙道），都会使人在瞬间认清自己，觉悟超脱。

　　禅宗的另一个特点是不相信语言，认为语言无助于把握真理。这就与我们平时听到的和学到的大相径庭。我们对语言的认识一是工具论，认为语言是交流和思考的工具，还有海德格尔认为语言是存在的家园，也就是说存在依存于语言，并和语言纠结在一起。而禅宗为什么不相信语言？因为他们认为事物存在是鲜活的、流动的，一旦用语言来套用，就不是本来的样子了。语言无法传递真实，更容易造成歧义，使人误入歧途，把概念本身当作真理。他们所要做的，就是最大限度地回到事物自身，去除概念对事物的扭曲。所以禅宗认为语言就像是梯子，好歹用它爬到高处就行了。他们在不得不使用语言时，也保持高度警惕，更是反对滥用语言。

　　禅是一种超越的哲学。它不仅要求你超越语言来认识事物，也要超越事物自身，甚至要超越对事物自身的认识。禅是不能说的，说了就错。因为一说，就把跳脱的认知用概念束缚住了，就像把水装在瓶子里，失去了它自身流动的态势。

因此，禅在语言上既要做到简省，同时要用最少的语言来承载最多和最复杂的意，这些都对文学艺术产生了积极的影响。

禅宗在唐朝产生，之后一直在中国盛行。后来禅传到了日本。二十世纪初，有位日本学者叫铃木大拙的，写了一些关于禅宗的读物，把禅带到了西方。他在西方的影响非常大，以至于西方人一度把禅与日本联系在一起。"垮掉的一代"就受到禅宗很深的影响，他们很多人相信佛教，并且集体坐禅。当然，我们应该指出的是，他们理解的禅与我们的禅是有所不同的，一种文化，在传播过程中与不同文化碰撞或融合产生误读和偏离是在所难免的。另外，一个非常有趣的现象是，禅在西方产生的效果和在中国产生的效果是完全不同的。比如，禅宗在中国影响到文人的写意画，虽然增加了一些恣意的意味，却仍然不失士大夫阶层的优雅。但在美国，禅宗影响下的嬉皮士运动就更具反叛意味，他们也更加平民化。这个现象如果深入研究一下，会是个很有意思的课题。

俳句相比之下就要简单得多了。俳句来自连歌。我们从《红楼梦》中读到，古人们雅兴一起，常常会联句作诗，联句就是你说一句，我来接下一句。日本从唐代起，就派遣唐使来中国学习中国文化，自然也学到了联句。不过俳句倒是日本人发明的，它由十七音组成，分成三句，分别是五、七、五。另外，俳句中一定要有季语。季语是表明季节的用语。有位美国的人类学家写了一本书，叫《菊与刀》，写出了日本民族矛盾的性格，他们既欣赏菊花，也喜欢代表武士道精神的刀。无论如何，日本人确有其敏感的一面，他们认为人生短暂，生命易逝，这体现在他们的审美情趣中，也同样体现在他们的文学作品中，这一点，从他们的俳句可以清楚地看出。长于俳句的写作者被称为"俳人"，还可以授徒。比如，日本江户时代最著名的俳人松尾芭蕉喜欢到处漫游，所到之处，都有弟子接待他，有时还有弟子陪同服侍。除了松尾芭蕉，日本俳句史上有名的俳人还有与谢芜村和小林一茶，以及近代的正冈子规等人。由于俳句短小易懂，又极具东方风味，二十世纪初传到美国后，对美国诗歌产生过一定影响。前面我们讲的庞德那首写地铁的诗，就受到了俳句的影响。一些美国诗人，包括斯奈德，也写过一些俳句，当然已经完全是美国味了，与俳句原有的味道并不相同，但重要的是，他们从俳句这种短小精练的诗歌形式中把握了东方诗歌的精髓。

斯奈德生于旧金山，1951年毕业于里德学院后，进入印第安纳大学研究生院学习人类学。但很快他就回到了旧金山，和在里德学院时的同学惠伦住在一起。惠伦也是垮掉派诗人，他研习禅宗，斯奈德迷上禅宗，可能就是受到惠伦的影响。

1956年斯奈德乘坐一艘旧轮船去往日本，他去日本的动机是寻找解脱之道，不仅仅是自己解脱，或许也要寻找挽救西方文化的方法。对西方文明不满是当时很多诗人和知识分子的共识。在《荒原》中，艾略特就指出了西方文明的堕落，最后也提到了佛教，但只是泛泛提到。而作为后来者，斯奈德亲身到东方去学习佛学。

斯奈德曾谈到去日本的初衷。他在二十二三岁时就开始学习中文，受到中国诗歌（当然是指中国古典诗）的一些影响。他之所以去日本而不是到中国学习禅学，可以说是采用了间接或曲线的方式。毕竟日本文化与中国有着千丝万缕的渊源。在神户待了一段时间，他又去了京都的相国寺林光院。在那里他不是参禅打坐或学习典籍，而是像云游僧人一样，清扫寺院并为别人做饭。他在日本前前后后一共住了十年，有过两次婚姻，第二次娶的是一位日本妻子。1958 年，他翻译发表了中国唐代诗僧寒山的诗。寒山的诗近年来在国内受到重视，可能与他在海外的影响不无关系。斯奈德翻译的寒山诗，有一句很有意思，原诗是：

寄语钟鼎家，虚名定无益。

钟鼎之家是指王公贵族，后来也泛指有钱有势的人。斯奈德把这句翻译成：

go tell families with silverware and cars

what's the use of all that noise and money?

译成中文就是：

告诉那些有银器和汽车的人家

喧闹和金钱有什么用处？

在美国，代表富贵的是银器和汽车，时代变了，国情也不同，有钱人要的也不再是虚名，而是喧闹（热闹）和金钱。但无论如何，本质上没有什么不同。

翻译寒山的诗，说明他关注的重点是中国古典诗歌。在回答《巴黎评论》的访问时，他说他喜欢日本文学和诗歌，但在中国诗歌中找到了深深的共鸣。他说这是一种无法解释的"业力共情"。他在中国诗歌中找到了"世俗生活的特色，对历史的参与，对神学体系、煞费苦心的象征主义和隐喻的规避，友爱精神，对工作的开放态度，还有对自然的敏感"[1]，等等。1982年，中国学者赵毅衡访问了斯奈德，当问到中国古典诗歌在他的创作中占多大影响时，斯奈德说，在五六十年代占百分之八十。他提到从中国古代诗人那里学到了诗歌伙伴之间的一种特殊的亲密友谊，一种兄弟情谊。他说他已经走出唐诗的范围，攻读宋代大师们的作品。

那么这是否意味着斯奈德完全进入了传统写作的氛围中（即使是东方的传统），而放弃了对诗歌中现代性的追求呢？恰恰相反，他所做的一切正是为了更好地了解自己所处的时代，并借助东方文化，观照西方社会，发现其症结，寻找到解决的方法。他做过一个有意思的比较，他认为中国宋代人更像当代诗人，他们生活中面临的问题几乎与我们一样。在接受赵毅衡的采访时他这样说：

---

1 《巴黎评论》编辑部编：《巴黎评论·诗人访谈》，许淑芳等译，人民文学出版社，2019。

宋代的高度文明是一个面临毁灭的文明。这不仅是指北方游牧民族即将到来的打击。你看，北宋时华北的森林就差不多砍伐殆尽，从那以后华北就更多依靠漕运从华南补足粮食、木炭，甚至墨。可以说，从宋朝开始，中国就面临生态危机。而这正是西方现在面临的问题：我们正生活在毁灭的前夜，不仅是核毁灭，而更是生态毁灭，我们正处于悬崖边上。

　　我想，这也就是为什么宋朝诗人绝大多数都深深地卷入政治生活，而从他们的诗作，甚至描写大自然的诗作中，我们都能感觉到他们对面临的问题有一定程度的了解。[1]

他还说：

　　在中国诗人眼中，大自然不是荒山野岭，而是人居住的地方，不仅是冥思之地，也是种菜的地方，和孩子游玩、与朋友饮酒的地方。我们所应争取的，正是人与自然的和谐。[2]

在中国古人与自然的和谐相处中，斯奈德找到了解决当代问题的方式。一位诗人也好，思想家也好，只要把着眼点放在所处的时代，无论他吸收和借鉴什么，就总是能够敏锐地从不同的时代和不同的文化中发现优质的部分，从而进行矫正和弥补。同样，在诗歌创作中，从异域文化中汲取有益的养分，会使自己的

1　赵毅衡：《加里·斯奈德谈中国古典诗歌的影响》，《外国文学动态》1982年第 9 期。
2　同上。

心怀更加博大和丰富。

斯奈德做过伐木工、守林人、海员，后来进入大学教书。他出过十多本诗集，此外他还是位环保主义者，写过很多这方面的文章。

《砌石》是斯奈德进入成熟期的作品，从中可以看到中国古典诗歌的痕迹。里面的第一首诗就明显带有庄禅的味道：

> 山谷下面一片烟雾
> 三天酷热，在五天雨后
> 树脂在枞果上发亮
> 岩石和草地那边
> 一群新生的蝇。

> 我不记得读过的一切
> 几个朋友，但他们在城里。
> 从锡罐里喝着冰冷的雪水
> 我向下望出几英里
> 透过高高的宁静的天空。
> ——《八月中旬在沙斗山眺望》

山居生活应该是简陋的，但诗人的内心是富足而愉快的。他感受着大自然中最普通的事物，并从这些事物中发现了美，领悟到了生命的真义。还有什么知识比这些更加重要？他说忘记了他读过的一切和在城里的朋友，这只是一种姿态，如同在向人们说，他找到了一种真正的有意义的生活，而过去的那些并不值得去留恋。庄子在他的文章（《齐物论》）中写一个叫南郭子綦的高人，坐在桌子边上，平静地呼吸，最后达到了坐忘的境界。别人问他怎么形同槁木，他说，"吾丧我"，就是说我抛弃了偏执的自我。这首诗中的描写就有坐忘的意思。但他并没有以世外高人自居，而保持着普通人的本色。这很重要，凡事一旦有姿态感，就有做作的成分，就不再是真实的，让人反感了。这里诗人忘掉的当然是包括过去读过的书，也未尝不包括学到的书本知识。这些知识在诗人看来，都是些死的知识，属于应该忘掉之列。

《松树的树冠》是诗集《龟岛》中的一首诗。（这个集子获得了 1975 年的普利策诗歌奖。）

在蓝色夜晚
霜雾，天空因月光
而发亮。
松树的树冠
屈从于雪的蓝色，缓缓
融入天空，霜，星光。
靴子的吱嘎声。
野兔的足迹，鹿的足迹
我们知道什么。

据说这是诗人自己最为喜爱的诗，借鉴了宋代诗人苏东坡的一首七绝《春宵》：

> 春宵一刻值千金，花有清香月有阴。
> 歌管楼台声细细，秋千院落夜沉沉。

不管这首诗是否真的借鉴于苏轼，但确实有中国古典诗的味道，也写出了由动而静的空寂境界。"我们知道什么"，霜雾、月光、松树的树冠，都融入了天空。大自然就像一本奇妙的无法解读的书，而正是在这种无知中，"我"融入了自然，在自然中消失了，达到了忘我的境界。

斯奈德真正具有禅味或受日本俳句影响的诗大都是写具体的生活场景的。他善于从普通的生活场景中发现不同寻常的意味。意味更接近意境，不同于意义，因为意义更加明确而具体，带有理性色彩：

> 那匹母马站在田野——
> 一棵大松树和一间棚屋，
> 可她待在了开阔地
> 屁股朝着风，被雨溅湿
> 四月我试着抓住她
> 骑在她赤裸的背上，

她踢着并逃开

然后吃着新鲜的嫩芽

在山上桉树

投下的阴影中

　　第一次读这首诗时，是在将近二十年前，当时我觉得这首诗太简单了，既没有象征，也没有隐喻，你也无法就这首诗说出更多的东西，但它总有一些让你挥之不去的东西，在你的心里扎下根，最终使你喜爱它。这就是意蕴，它包含在具体形象和场景中，你可以感觉到，却又无法说出。这大约与禅意不谋而合吧。

　　再看下面这首诗：

唯一可以依赖的事物

是库拉卡克山上的雪。

田野和树林

融化，结冻，融化，

一点也靠不住。

这是真的，今天一场

弥漫的大风雪

就像是在发酵，然而

希望唯一虚弱的来源

仍是库拉卡克山上的雪。

　　　　——《鞍状山上的雪》

看上去这是一首描写自然景物的诗，写得简约有致。但总是不免让人感到有言外之意，也就是说，在诗中描写的景物之外，总会让人感悟到些什么。是什么呢？诗中写出了两组对比的形象，一组是库拉卡克山上的雪，另一组是山下的田野和树林。后者随着四季的变化而变化着，但山上的雪是不变的。变和不变构成了一组对立项。诗人把这个场景放入了一场暴风雪中，一切在搅动，"就像是在发酵"，似乎混淆了二者的差异，但即使这样，诗人认为，库拉卡克山上的雪仍然如故。

　　问题是，为什么要使用"依赖"和"希望唯一虚弱的来源"这样在诗中显得不太协调然而又分量很重的词句？这也许是在有意无意地透露出诗人的意图：他是希望在变化中找到不变。

　　常有人把时间比作河流，古希腊的哲人是这样，中国的孔子也是这样。他站在川上，望着逝去的流水，感叹说，"逝者如斯夫"。时间具有双重性，既仁慈又残酷。我们身边所有的变化都与时间有关：时间带来了一切，也将带走一切。在斯奈德后期的诗中，他这样谈到时间：

　　岁月好像翻滚得
　　越来越快

　　从这种永无止境的变化中，人们需要找到一种恒定不变的事物作为存在的依托，这也许就是诗人所说的"希望唯一虚弱的来源"吧。

佛教思想中强调真如，强调自性。法藏在《华严金狮子章》中就曾做过非常形象的比喻，他说金子可以铸成狮子，也可以铸成别的什么。这是变化，但无论怎么变化，金的性质是不变的。他用金子来比喻真如，来对应狮子的形象，来表明"色空"的道理。万物本空，但真如不假，究其实，佛法讲的就是这个，这首诗也大抵体现出这样的观念。

　　而从审美上考虑，在这首很短小的诗中，通过动和静的强烈对比，也形成了一种美感。这是一种自然的美，也是一种理念的美。

　　斯奈德的诗中有禅宗空寂的意境，但如果一味地描写空寂，就很容易造成枯槁，给人一种死气沉沉的感觉，这是不可取的。如前所说，他的空寂是通过活泼和灵动来体现的，动中取静，是活泼泼的静，也是对人生真谛的感悟。如：

　　　　在高高的座椅上，

　　　　在黎明前的黑暗中，

　　　　光滑的轮毂闪亮

　　　　发亮的发动机的排气管

　　　　温暖地颤动　从

　　　　泰勒路上坡

　　　　到普曼溪的采伐点

　　　　三十英里的尘土。

　　　　没有另外的生活。

　　　　　——《为什么圆木卡车司机比禅宗研究者起得早》

结句是一个顿悟式的结论。而前面用一些细节描写了运送圆木的卡车司机的生活。这种结合了最为普通的日常生活的写法，比起古代那些隐逸山林的高雅之士的追玄蹑空也许更得禅宗的三昧。毕竟斯奈德生活在二十世纪，并非超然物外的隐士，他返回自然中，只是为了寻找心灵的宁静与和谐。他关心人与自然的融合，关心对环境的保护，他反对的是文明中腐朽的东西，而不是文明本身。他更多的诗都表现出这一主题。

我们同样能够看到禅宗和中国古典诗歌在语言上对斯奈德的影响，我们看下面几个例子：

> Earth a flower
>
> By a gulf where a raven
>
> Flaps by once
>
> A glimmer
>
> （大地一朵花
>
> 在海湾旁那儿一只大鸦
>
> 一闪飞过）

第一行明显做了省略，在英语表达上，大地和花之间应该有系动词，比如"是"或"像"，这里却是把二者直接叠加在一起。这在习惯了古典诗的中国读者看来不算奇怪，而对西方读者来说却很陌生。

rustling trembling limbs and twigs

listen.

This living flowing land
Is all there is
（树干和细枝瑟瑟抖动

听。

这活泼流动的土地
是这里的一切）

    "听"的前后留下很大的空白，给人以空间感。这和中国古代绘画中的留白有异曲同工之妙。

    再如：

微风在褐色的草丛
高高的云　　深
蓝。　　白。
蓝。　　移动
变化。

这里的形容词（"蓝"和"白"）具有了名词的意义，不仅如此，它们形成了独立的画面。

从上面的例子我们可以看到他语言上的特点：

首先，他用词非常简练，甚至按中国古典诗歌的方式，省略了必要的动词和冠词。

其次是意到笔不到，即意在言外，注重意蕴，点到为止，而不把话说满、说尽。

第三，采用了中国艺术中的留白，留下大片的空间，让人们用想象去填补。

第四，最大限度地发挥了词语的功能，有时用单独的词来代替句子，使每个词变成了独立的元素（画面）。

斯奈德成名的集子《砌石》中的同名诗，表面上是写用石头砌成马车行走的道路，实际上是在写他的诗歌观：

> 把这些词句放在
> 你的思想前面像石头。
> 安放结实，用手
> 选好位置，放在
> 有思想的身体前面
> 放在时间和空间里

这似乎在表明，每个词、每个句子，在诗人看来，都像砌成道路的石头，你必须把它们安放妥当，让它们恰如其分地处于它们应该在的地方。另一方面，写诗与普通工人所做的工作也没有什么两样，都是在铺设道路。但诗人的道路是通向觉悟和解脱。

在诗的结尾，他说：

> 所有的变化，在思想中，
> 同样在事物中。

变化意味着一个新的开始。这应该始于一个个词语，它们形成全新的思想，然后体现在事物中。在诗人看来，这种思想和事物的改变应该像用石头砌成道路一样，需要认真去做。写一首诗是这样，改变一个社会也是这样。

（1926—　　　）

ROBERT BLY

勃莱的深度意象诗

最早读到勃莱的诗还是在二十世纪八十年代。他可能是较早被介绍到国内的美国当代诗人，如果不是最早的话。他无疑受到中国诗人的广泛喜爱，那时我的朋友圈子里面经常提到的是勃莱、赖特和普拉斯等人。勃莱受到中国诗人们的喜爱我想也许是因为他的诗带有中国古典诗的味道，简洁而明晰，在这之外又有些超现实的意象，既合乎我们的胃口，又带有一些异质的成分。在王佐良先生的一篇访问记中，我们看到，勃莱戴着深色框眼镜，系着一条红色的大领巾，他除了经营一家农场，还经常外出做巡回朗诵。事实上，勃莱还办有一家小出版社，出版主流文化之外的作品。在五十年代他还办过一份诗歌杂志，就叫《五十年代》，到了六十年代就改称《六十年代》，后来又叫《七十年代》。生活也算得上多姿多彩。

　　勃莱的第一部诗集叫《雪地上的寂静》，为他赢得了荣誉。他属于二十世纪六七十年代兴起的新超现实主义流派，他自己可能不太喜欢这个名称，他说他用深度意象来写作，宁愿别人称他为"深度意象派"。他写诗有两种渊源，一种是拉美传统，另一种传统是中国古典诗。他喜欢白居易，还在他的诗中写到过这位中国古代诗人。勃莱曾经叹服地说，中国诗歌能够把知觉的各个层次巧妙地融合在一起。中国古典诗注重意蕴，表意客观，让形象自己呈现，而不是把意义强加给诗，这些对勃莱都有影响。他还用道家的阴阳平衡来阐释自己的诗歌观。因此，在他的诗中，超现实主义形象和中国古典诗的特点和谐统一，的确很迷人。他在这两种迥异的传统中写作，并以此观照美国的现代社会生活，形成了独特的诗风。

"新超现实主义"这个名称与欧洲传统有关。二十世纪初，在法国，布勒东、苏波、阿拉贡、艾吕雅等人组成了超现实主义小组，还发表了一份宣言。超现实团体中除了作家和诗人，还包括一些画家和电影导演，其中最有名的就是达利和米罗，还有后来成为大导演的布努艾尔，他的影片《一条安达鲁狗》里面有一个经典的超现实主义的镜头：天空中出现了一只眼睛，而一把剃刀在上面划过。人们熟知的画家毕加索也一度参加过这个运动。

超现实主义在创作上借重潜意识和梦境，反对逻辑和理性，如果我们看过达利的超现实主义绘画，就会更加直观地了解到这一创作方法。自动写作也是超现实写作中的一种，就是把涌到头脑里的各种念头不假思索地写在纸上。因此，在超现实主义的诗中，有很多怪异的形象，但也有很新奇的、出人意料的句子。我们知道，梦境总是迷人的，另外，把不同性质的事物组合在一起，往往会产生巨大的张力。

超现实主义的创作方法很快传遍了欧洲，奇怪的是，一向能够容纳新事物的美国却对这一运动表现冷淡，直到五六十年代，才由罗伯特·勃莱和詹姆斯·赖特等人形成新超现实主义流派。在"超现实"之前冠以"新"字，是为了表明与欧陆的不同，也确实不太相同，前者过于追求新奇怪诞，虽不乏令人耳目一新的句子，但整体上显得空泛，而勃莱等人有限度地采用超现实主义方法，并注重与美国的社会现实密切结合，如抨击越战，反对现代文明和工业社会给人类带来的弊端，也表达了人类与自然和解的愿望。同时，新超现实主义诗人强调深度意象，那么深度意象又是什么？勃莱本人做出过解释，他说："好诗总是向我们日常经验之外延展，或者说，向人的表层意识之下隐藏着的东西延展。而道家思想对这个目的来说是最有用的。"

"人的表层意识之下隐藏着的东西"，可能仍然是潜意识，只不过换个说法罢了。所谓深度意象，是从弗洛伊德、荣格等人的心理学中借鉴来的，利用在强烈感情下唤起的梦境、潜意识等具有内在意义的意象，以达到一种自我的超验。深度意象与超现实主义在这方面并没有太大的冲突，只是勃莱热衷于中国古典诗，宁愿把他的创作方式归结到东方传统上。

如果简单地进行概括，新超实现主义与超现实主义的区别在于：

新超现实主义诗歌立足于本国现实，着力描写美国社会的生活，从个人经验一直到重大的社会问题和政治事件，如越战。

新超现实主义诗歌注重生活细节，并自觉从东方诗歌中吸取营养，增加了诗歌的可读性和质感，也避免了超现实主义诗歌的空泛和晦涩。

新超现实主义诗歌摒弃了超现实主义的自动写作，只是在一定程度上借用了潜意识，以此增加诗歌的深度和内涵，并使之得到了很好的控制。

由此我们可以得出结论，新超现实主义派的诗人们有选择地把传统的超现实主义对新奇效果的追求和中国古典诗的意境糅合在一起，用以表现美国的社会现实。

勃莱的父母是从挪威移民到美国的。二战期间，勃莱参加了美国海军，战后到哈佛就读，结识了一些后来的重要的诗人。他后来住在明尼苏达州的一家农场，靠写作、翻译及朗诵诗歌为生。说到翻译，他翻译过一些中国古典诗歌和拉美及西班牙诗人的作品。他出过一本书，叫《诗的跳跃》，里面是译诗和他的文章，他认为好的诗都有一个或几个跳跃。他的观点是，西方的理性束缚了诗人的想象，诗中缺少了跳跃，而在中国、西班牙和拉美的诗中，这种跳跃仍然保留着。他还提出了"新脑"的说法，根据美国的神经学专家保罗·麦克林的研究分析，人的进化过快，导致了人的大脑不能随之改变，而只能是简单地增加。因此，人有三个脑，分别是爬行动物脑、哺乳动物脑和新脑。这三个脑各司其职，爬行动物脑负责生存，哺乳动物脑负责性爱，二者都残存着动物的特性，而新脑独属于人类，主要是自我意识和对精神的追求。三个脑为夺取能量而竞争。因此，勃莱认为，三个脑的不同特征在诗人的创作中都有所体现，并有所侧重。奥地利诗人里尔克就是用新脑写作的诗人。勃莱这样写，是不是也在暗示着自己是在用新脑写诗？

　　勃莱的诗与他生活的西部有关。他的诗清新、平易，有些受他喜爱的中国诗人白居易的影响，但仍不时出现他所谓的深度意象，比如，他有一首诗叫《苏醒》，开头就是：

　　　　血管内部有舰队在启航，
　　　　细微的爆炸在吃水线上，
　　　　海鸥在咸血的风中迂回前行。

　　血管内出现了军舰、航路和翻飞的海鸥，似乎超越了我们的日常认知，颇有些费解。这大约就是所谓的深度意象，如果我们考虑到诗的标题，就会明白这是利用超现实的手法把清晨醒来时血液在周身流通的感觉生动传神地表现出来。人刚从睡梦中醒来，周身血液的紧张流动被勃莱比喻成军舰启航、海鸥穿梭，乃至细微的爆炸，这的确够新奇的了。
　　我很喜欢他的《午后降雪》这首诗：

　　　　1
　　　　草被雪半掩着。
　　　　这是一种午后很迟才落下的雪
　　　　现在青草的小屋正在变暗。

2

要是我伸手贴近地面

我会抓住一把的黑暗！

黑暗一直在这里我们从没注意。

3

雪下得更加深重，玉米秆远远消隐

而谷仓向着房子移近

谷仓在变大的暴风雪中独自移动着。

4

现在谷仓满是玉米，朝我们移动

像一艘废船在海上的风暴中吹向我们；

甲板上的水手们已经瞎了好多年。

　　诗不长，容量也不大，却意味隽永。这首诗具有超现实主义的特点，但没有怪诞的意象和不合逻辑的联想，而是把午后的降雪的场面同降雪产生的幻觉联系起来。诗中有很多描写异常生动。如："草被雪半掩着"，以及"雪下得更加深重，玉米秆远远消隐 / 而谷仓向着房子移近"……

　　也有在雪中产生的特殊的联想："要是我伸手贴近地面 / 我会抓住一把的黑暗！""现在青草的小屋正在变暗"。黑暗是无法触摸的，在诗人的感觉中却可以用手抓住，而"青草的小屋"仍然是隐喻青草，但赋予了青草以不同的感受。由于真实可感的细节同超现实的形象巧妙地结合，给读者营造了一个真实强烈的氛围，这样，当读到最后两行富有象征意味的句子时，读者便会自然接受，而不会有任何生硬的感觉。

勃莱也积极参与到美国的政治与社会生活中。他反对越战。他站在和平主义的立场上看待战争，从他的诗中，我们多少能看出他在有意做出某种姿态。但无论如何，他的反战诗在艺术上还是成功的，没有因为要表达社会问题而忽略或牺牲掉作品的艺术性。勃莱写过一首很长的诗，叫《母亲终于露出了牙齿》，母亲当然是指美国，一位美国诗人，反对美国的现行政策，并不会被认为是不爱国，而正好相反。他有一首诗是批评肯尼迪总统的。当时因为古巴问题上形成的危机，美苏两个大国险些进行了一场战争，当然，最后在双方的努力下化解了这场危机。而勃莱在诗中却这样写：

这里有另外的黑暗，

一种在躯体篱笆里的黑暗，

在鼹鼠的奔跑中，在电话线中，

在马匹脆弱的踝部的黑暗；

垂死的草的黑暗，黄色柳叶的黑暗；

这里有一种破碎钮孔的死亡，

有关高位的残忍，

有关撒谎的报告人，

有一种痛苦的疲劳，成熟而悲哀。

——《听肯尼迪总统就入侵古巴说谎》

在诗人看来，黑暗无所不在，涵盖了政治和社会生活的各个方面。黑暗当然是一种象征，而在勃莱笔下，黑暗变得形象可感，仿佛触手可及。

在另一首反对越战的诗中，他的想象更为大胆而新奇：

让我们重新数一下那些尸体。
只要我们能使那些尸体变小
像头颅一样
我们就能让月光中的头颅使整个平原变白！

只要我们能使那些尸体变小
或许我们就能
把一整年的屠杀放在桌子前面！

只要我们能使那些尸体变小
我们就能把
一具尸体放进一枚戒指作为永久的纪念品。
　　——《数着小小的尸体》

这些尸体的存在当然是战争的结果。这包括阵亡的美军士兵的尸体，也包括敌对一方越南人的尸体，但他没有刻意去区别，因为在他看来，他们都是战争的受害者和牺牲品，都是值得同情的。也许他不想去谴责哪一方，应该谴责的是战争和战争的发动者。但他没有去直接描写战争的杀戮，而是把激愤的情绪化作了讥讽，让人们去想象把尸体缩小后会出现什么情况，当在黯淡的月光下尸体铺满整个平原，死亡因此而变得直观，更加触目惊心，也带有了一种浓重的超现实主义色彩。

勃莱也写过很多关于亲情和爱情的诗，有一首很感人，读后令人长久不能忘怀：

> 当我开车在雪中送我的父母回家
> 虚弱的他们在山崖边上迟疑。
> 我向着山崖高喊
> 只有雪在回答。
> 他们平静地谈起
> 提水和吃橘子
> 昨天晚上忘记拿孙子们的照片。
> 打开家门他们在里面消失了。
> 橡树在林子里倒下，谁能透过几英里的寂静听见？
> 他们相互坐得那么近——仿佛被雪挤压在了一起。
> ——《开车送我的父母在圣诞节回家》

在西方，圣诞节本来就是亲人团聚的日子，诗人却开着车送他的父母回家，也许我们可以理解为这是聚餐后的离别，但在这样的日子里离别本身就是一件令人伤感的事情。雪是这首诗的背景，甚至不断地向外延伸。雪往往与圣诞节联系在一起，成为圣诞节最好的装饰，在这里却似乎显得并不那么美好，反而加深了寒冷意味和诗人的忧虑。诗中通过几个细节就把老人们的衰弱而无助写得呼之欲出：他们在山崖边感到迟疑，他们平静地谈话，"平静"是最寻常不过的词，用在这里却很传神。他们谈到了提水，吃橘子，忘记了拿孙子的照片，说明这些日常琐事已成为他们生活的重心。尤其照片的细节写出了老人的孤独和对晚辈们的疼爱，但毕竟年纪大了，这样重要的事情都忘了。诗人没有直写自己的心情，但我们通过他的观察和描写完全可以体会得到。"打开家门他们在里面消失了"，这个句子带有超现实的意味，但也很真实，带有诗人的主观感受：他们太老了，衰弱得仿佛被屋子和里面的家具所淹没。下一句是诗人的担心，他仍没有实写，而是借橡树作比方。他们和自己身处两地，就像林子里的橡树，倒下时没有人会听到。最后一句非常形象，又非常动人。两位老人只有相依为命了，他们靠得紧紧的坐着，"雪"是象征晚年的孤寂和寒冷，"挤压"用得非常恰当，你找不出更为合适的词来形容这种孤寂和寒冷。这首诗并没有直接去写亲情，但对父母的关爱和担心体现在每一行诗中。

　　勃莱的另一类诗是写个人的生活，也许与他的生活环境有关，这些诗明显带有中国古代诗人常有的闲适，这可以理解为一种逃避，而在高速发展、追求物质重于精神的社会现实下，同样可以看作无形的批判。当然，这似乎也与个人的趣味相关，当一个人热爱中国古典诗歌，除了诗艺受影响，性情也不可能不受到熏陶。如《探访朋友的深夜》：

1

我们在钓鱼和谈话中过了一整天。

最后，夜深了，我独自坐在我的桌前，

然后站起，走进夏天的夜晚。

一个黑暗的东西在我身旁的草丛中跳动。

2

树木呼吸着，风车缓缓地转动。

头上在奥特恩维尔下过雨的雨云

遮住了一半的星星。

空气由于下雨而依然凉爽。

3

天很晚了。

我是唯一醒着的人。

我所爱的男人和女人在一旁睡着。

4

人的脸发着光如同说着它旁边的

事物，思想充满梦。

人的脸发光像黑暗的天空

当它说着那些压迫着生存的事物。

从题目中可以看出，诗中的情境是外出访友，诗的调子自然充满了温馨和情谊。这也许是勃莱有意在仿效中国古典诗歌的意境。总之，当在钓鱼和交谈中度过了一天后，他却在桌前不能入睡。我们无法确知他是因朋友间的情谊而感动，还是另有他意，令他失去了睡意。当他起身走进夏夜，感受到夜晚的宁静、凉爽和自然的美好。"一个黑暗的东西在我身旁的草丛中跳动"，又是一个典型的超现实意象。你尽可以见仁见智，理解为这是一个可爱的小动物、某种神秘的事物或对精神的具象化。

诗人回到屋子里，看着熟睡的男人和女人，一种爱意在他心中油然而生，他的精神似乎产生了某种变化，或者确切说，达到了一种升华，认识到了生活的真谛。

那么，这种真谛是什么？诗人没有明确说明，当然也无须说明。但从他对那些面孔展开的联想，并和前面的描写加以参照，不难理解，诗人赞美的正是人与人、人与自然的和谐，这是一种心灵的释放，以对抗现代社会对生命的压抑。值得注意的是，诗人在最后一段一反他用词具体的方式，用的字眼比较大，写"脸"时，竟用"人"这类抽象的词来加以修饰。从朋友的脸推及整个人类，诗的涵盖面无限地加大了，上升到一种普遍的意义。

总的来说，勃莱的诗清新、流畅，但在深度和强度上还不很够，很多诗写得都很相近。这也就是初学写诗的人都喜欢他的诗，到后来却抛开了他的原因。他是优秀诗人，却无法真正进入大诗人的行列。

（1926—1966）

FRANK O'HARA

奥哈拉的城市风景

弗兰克·奥哈拉是位很有趣的人物，据说他彬彬有礼，又爱冷嘲热讽；对人真诚，又经常显得粗野古怪。总之，艺术家的气质在他身上表现得非常突出。他很有个人魅力，富于活力，因而成为纽约派的核心人物。谈奥哈拉，自然要谈纽约派。和新超现实主义一样，纽约派也不属于严格意义上的流派，不同的是，它的成员不限于诗人，还包括画家和艺术家。我们知道，纽约是世界性的大都会，二战前后，文学艺术完成了从现代派向后现代派的过渡，艺术的重心也由巴黎转移到纽约。一位名叫马克·坦西的画家画了一幅画，叫《纽约派的胜利》，画面展现了一个历史上的重要时刻：纳粹德国向盟军投降的仪式。一群身穿德国党卫军军服的人在投降书上签字，另一边是神情自若的穿着美国军装的人。如果仔细查看，就会发现这些穿着两方军装的人并不是各自的将领，而是当时最有名的画家，其中就有毕加索，他穿着德国军服，神情落寞地站在一边，看着别人签字。而穿着美军服装的画家有德·库宁和波洛克等人。通过这样隐喻的画面，画家似乎在告诉人们，在现代艺术创作上，以巴黎为代表的欧洲开始式微，而美国的艺术异军突起。

奥哈拉就是纽约派中诗人的一员。我们当然也可以把这些诗人称为纽约诗派成员。纽约诗派与超现实主义也有联系，用批评家丹尼尔·霍夫曼的话讲，相比于新超现实主义，纽约派是"超现实主义的另一分支——更加嘲讽、荒诞，更喜欢戏仿，更自我专注，更超离外界现实"[1]。奥哈拉有很强的凝聚力，他周围的朋友有约翰·阿什贝利、肯尼斯·柯克等人，他们多是他在哈佛的校友。

奥哈拉只活了四十岁，算得上是英年早逝。他出生于马里兰州的巴尔的摩，父母都来自爱尔兰的天主教家庭。奥哈拉以为自己是在六月出生的，其实在三月就出生了，他的父母对他撒了谎，以掩盖未婚先孕的事实。

1944 年高中毕业后不久，奥哈拉就参加了美国海军，在尼古拉斯号驱逐舰上当了一名三等声纳员。1946 年他光荣退役，转而考入哈佛大学，在那里认识了阿什贝利。阿什贝利于 2017 年去世，活到了九十岁，他可能是纽约派诗人中影响最大，也是活得最久的一位。

在密歇根大学获得比较文学的硕士学位后，奥哈拉来到纽约，一边写诗一边了解这座城市。很快他就成为艺术圈子里的中心人物，并过上了一种放浪不羁的生活。他最初给摄影师当过短期的助手，后来又受雇在现代艺术博物馆里做前台工作。所谓前台工作，就是在柜台前卖明信片、出版物和门票。他总是在柜台

---

1 （美）丹尼尔·霍夫曼主编：《美国当代文学》，裘小龙译，中国文艺联合出版公司，1984。

上写诗，还给《艺术新闻》杂志写文章。1955年他当上了这本杂志的助理编辑，两年后又回到了现代艺术博物馆，后来当了馆长。由于在艺术博物馆工作，他得以广泛地接触到当代艺术作品和艺术家，使视野更加开阔。

当时美国盛行的是德·库宁和波洛克等人的抽象表现主义艺术，他们都是在纽约起家，又被冠以"纽约画派"的名称。有这样一则逸事，一天，有人找到画家们，说有几个诗人想和他们认识一下。画家们走出工作室，外面却没有人。正在惊愕间，树丛后面站出几个人来，腼腆地朝他们微笑。画家们也笑了，于是他们成了朋友。不同领域的交流有利于艺术发展，如毕加索的朋友中就有阿波利奈尔和艾吕雅等诗人，他本人也写诗，似乎还写得不错。另一方面，由此也可以看到纽约派诗人们的一个显著特色，他们广泛吸取了先锋艺术的精髓，有着更强的实验性。

1952年出版的奥哈拉的第一部诗集《一个城市的冬天和其他诗》，里面收入了十三首诗。他的另一本诗集《对非常事件的沉思》让他得到了广泛的赞誉。1966年7月的一个凌晨，他在长岛被一辆卡车撞死，年仅四十岁。他在世时发表的诗歌并不多，但他的遗作被整理出版，竟然厚厚的长达五百多页，但据说这还只是占他全部写作的三分之一。据他的朋友阿什贝利回忆，他在办公室写诗，在吃午餐的路上写诗，甚至在挤满人的房间里也写诗。他写好诗，就随手扔在抽屉里，结果很多诗后来找不到了，有的是从他写给朋友的信中保留下来的。

奥哈拉是典型的城市诗人，与斯奈德、勃莱这些人不同，在他的诗中找不到对自然的描写，都是城市的场景。显然他对抒写自然没有兴趣。他的兴奋点在城市，特别是纽约这座城市。我2001年到过纽约，感到这座城市很大气，虽然比起其他城市要显得拥挤，但充满了自由、自信和活力，的确非常适于艺术家们居住。我当时参观了大都会博物馆和古根海姆现代艺术博物馆，看到了来自世界各地的珍贵文物和艺术作品。而奥哈拉对纽约这座城市充满了兴趣和热爱，他从地铁站、爵士乐、电影明星的海报、曼哈顿的人流甚至朋友打来的电话中获得了灵感和活力，他说："我甚至无法喜欢一片草叶，除非在旁边有地铁站，或一家唱片站或人们全部无悔生活的标记。"

纽约派诗歌如果从外部来描述，那么是更为现代和更为日常的，诗的内容多是与城市喧嚣而匆忙的生活相关。诗人勃莱在评价纽约诗派时说："他们的大部分诗作是属于与情感型诗歌截然不同的消遣性作品。"说与情感型诗歌截然不同似乎可以成立，但称之为消遣性作品稍嫌太过，或许他们的诗中感情并不很强烈，不时带有戏谑和嘲讽，但仍然是真挚的，在愉悦中带着某种伤感。这些诗更属于城市和生活在其中的人们。比如在奥哈拉的诗中，我们会看到一种全然不同于以往的风格：

　　　　这是 12：20 纽约的一个星期五

　　　　巴士底日三天后，对，

　　　　这是 1959 年而我去擦皮鞋

　　　　因为我要在 4：19 离开在 7：15

到达东汉普顿然后直接吃晚饭

我不认识请我吃饭的人

我走过闷热的街道开始出太阳

吃了一只汉堡包和麦芽糊又买了

一本难看的《新世界写作》来了解在加纳的

那些诗人这些天在做些什么

我走进银行

斯蒂尔沃根小姐（一次我听到她名叫琳达）

居然破天荒地没有查看我的存款余额

在金色格里芬书店我买到了一小本魏尔伦

给派特西，有着伯纳德的插图尽管我

想要哈西奥的译本。理查蒙德·拉摩第或

布莱登·贝安的新戏或热内的《阳台》

或《黑鬼》，可我没，在拿不定主意

和快要睡着时我认准了魏尔伦

为了麦克我逛进了公园巷

酒店买了一瓶斯特瑞加酒

然后我回到我所来的第六大道

在齐格菲尔德剧院的烟草店

碰巧买了一盒高卢烟和一盒

佩克尤恩和一份《纽约邮报》，她的脸在上面

我当即出了一身汗并想到

靠着第五夜总会的厕所门

当她低声唱一首歌，按着

迈尔·瓦尔德伦的琴键，所有人和我屏住了呼吸

——《女士死的那天》

　　这是奥哈拉的代表作，当然也是一首好诗。但这和我们平日所熟悉的好诗并不一样，显得古怪而琐碎。而诗的英文标题是 *The Day Lady Died*，清楚明白，交代这首诗写的是某位女士死去的那天的事情。"女士"是指比莉·霍丽迪，她是美国天后级的爵士歌手，生于 1915，死于 1959。她最有名的一首歌是 *Lady Day*，Lady Day 在西方叫作圣母领报节或天使报喜节，在 3 月 25 日那天纪念圣母玛利亚怀上了耶稣。奥哈拉把这两个词颠倒了一下，再加了一个 Died，就变成了诗的标题。显然这是为纪念霍丽迪的死而写的，应该是一首哀歌。

　　然而，在诗中我们看到，里面绝大部分的叙述与霍丽迪无关，更多是不厌其烦地交代自己大半天的行程。你也许会说，这分明是一本流水账，哪里是哀歌？

　　的确，从这首诗中，我们看到他像写日记一样记录下他本人在那一天的经历：中午他起身上街去擦皮鞋，因为他要坐下午四点十九分的车到东汉普顿，可能是出席一个酒会或文化活动，安排活动的主人他并不认识。他吃了点东西，又买了份杂志。然后去银行取款，在书店又耽搁了一会儿，终于买了一本法国诗人魏

尔伦的诗集。他又在酒店买了瓶酒，送给麦克，我们不知道麦克是谁，但很可能是一位熟人或朋友，因为他是特地拐到公园巷里买的。他又买了两盒烟，可能是要在路上抽。这时，他买到了《纽约邮报》，在上面看到了霍丽迪的照片。这暗示着看到了她的讣告，这消息令他回想起当时在第五夜总会听她唱歌的情景。

我们还注意到，奥哈拉在诗中对所有细节都没放过。如街道如何闷热，如何出太阳，他如何挑选书，如何买酒买烟，甚至连将要去哪，几点钟的车，几点到都没有放过。

这显然与我们对诗的认知相抵触。过去我们被告知，诗要写得简洁凝练，没有必要的事件及细节不要写，但他写了，而且还大写特写。我们同样被告知，诗要直接切入主题，把重点放在要表达的情感上。但他只是在诗快要结束时才提到了女士的死（而且还不明朗），在最后两行才回想到她唱歌的场面。

在这首充满了琐事和细节的诗中，奥哈拉到底要表现什么呢？为什么他不直接写出对女士逝世的悲伤？

当然完全可以那样写，但那样和普通的诗歌不会有太大的区别，只是在无数的哀歌中再加上一首而已。我们可以说奥哈拉违背了很多所谓的写作原则，但他遵循了写作的一条最重要的规则，即独创性。为什么他要如此不厌其烦地记录下这一天的如此之多的琐事，因为这一天他得知了霍丽迪死去的消息。是她的死使这一天变得重要了，甚至连这一天发生的微不足道的事情也变得重要而值得纪念了。打个比方，我们对经历过的重要日子不但会记住事件本身，还会由此记住一些相关的无足轻重的琐事。在这首诗中，正是霍丽迪的死亡使诗人烦冗的日常生活得到了提升。尽管"违背"悼诗的通常写法，但通过记录一天中的琐细事情使她的死变得强烈，使诗人"出了一身汗"，最后诗人回想起在夜总会听到她唱歌的情形，她的歌唱让他屏住了呼吸，这也同前面描写的日常情境形成了一个强烈的对照。

从这首诗中，我们可以看出奥哈拉的一些特点：

常在诗中注入大量的生活细节。当然，在美国当代诗歌中，细节的出现是很普遍的。但在奥哈拉和纽约派诗人那里，细节运用得尤其突出。除了细节，他们还有意识地在诗中大量使用人名、地名和时间，这样既可以突出诗的真实性，也在某种程度上加强了诗的质感。

语言的流动性。纽约派诗人在语言上很讲究。他们都是文体家，每个人在风格上都独树一帜。他们与先锋音乐家关系密切，从先锋音乐家那里吸收了音乐的一些特点。总之，他们的语言风趣俏皮，又自然流畅，一气呵成。句子很少中断，往往用"and"来连接，在上面这首诗的译文中我尽可能地保持了原作的语言风格，但读原诗效果可能会更明显些。

强调诗歌的时事性和日常性，描写城市的生活场景。过去诗人们关注更能持久的情感，如爱情、英雄行为等，而在美国当代诗人这里，更注重描写日常的琐事和场景。这是因为，这些可以更好地凸显他们的生存状态，而表现生存状态正是文学的一项重要使命。法国文论家罗兰·巴特可能是西方理论家中最早意识到日常性重要的人了。他在《文之悦》一书中这样说："为什么有些人，包括我在内，在一些历史、传奇和传记类的作品中，喜欢欣赏一个时代、人物的'日常生活'的再现呢？为什么对细枝末节：时间表，习性，饮食，住所，服装之类有这样的好奇心呢？这是'真实体'（就是那'一度存在过的'物体）的幻觉之味吗？这不就是幻觉本身吗？它呼唤出细节，呼唤来微末幽隐的景象，我在那里可以顺利地入港。"[1]

罗兰·巴特还提到没有比天气更为细微，更有意味的观念了。他谈到在读瑞士作家艾米尔的日记时，发现里面对日内瓦天气的描写被编辑删了去，只留下道德冥想，这令巴特感到郁闷。他说，"恰恰是这天气韶华依旧，艾米尔的哲学却成了枯木朽株了"。

读奥哈拉的诗，我们还可以看出他的幽默、调侃和嘲讽。诗如其人，他的个性很好地体现在他的诗中。除此之外，还有更为突出的一点，就是他诗中的即兴性。

忘记了是谁说过，好诗都要带有即兴性。为什么这样？可能是由诗的特质决定的。诗歌来自灵感，灵感飘忽不定，可能就是一种高级的即兴性吧。另外，从诗的本源来看，最初的诗歌都是即兴吟唱的。爱尔兰大诗人叶芝也曾说过，一首诗翻来覆去，要花费很大力气，但如果看上去不是出自瞬间的感觉，那么你的织，你的缝就都是白费了。所谓出自瞬间的感觉，与即兴性应该是同出一辙的。

从奥哈拉一首题目叫《诗》的诗中，我们可以看到这一点：

---

1 （法）罗兰·巴特：《文之悦》，屠友祥译，上海人民出版社，2009。

拉娜·特纳晕倒了！

我正在匆忙行走突然

开始下起雨夹雪

你说这是下雹子

可下雹子时会重重地打在

你的头上因此的确是下雪

和下雨而我是这么匆忙

去见你但是这车流

动得确切说像这天空一样

突然间我看到一条标题

拉娜·特纳晕倒了！

在好莱坞没有雪

在加利福尼亚也没有雨

我去过很多次聚会

举止完美或可耻

可是我竟然从没有晕倒

哦拉娜·特纳我们要你站起来

　　拉娜·特纳是美国好莱坞女星，美艳性感且多绯闻。"晕倒"
（collapse），英文原意有"崩溃"和"倒下"的意思。这里的倒
下不会是一般的生病，而可能是个人生活和事业出现了问题，或
是受到舆论的攻击而导致精神崩溃。这与后面联系到诗人本人的
情况产生了呼应。从诗中我们了解到，诗人匆匆走在纽约街头，

他要见一位朋友，但是从街头的一张报纸上得到拉娜·特纳晕倒的消息。这消息让他震惊，也许他认识那位影星，也许只是她的一个影迷，但他衷心希望这位美丽的女人能够重新振作起来，因而写下了这首诗。这首诗并没有微言大义，但亲切、俏皮、机智，饶有意味。

这首诗是非沉思性的，而是感觉和随意性的。诗的语气转换迅速，带有即兴的成分。下雨雪还是下雹子的争论亲切、俏皮而饶有意味，渲染出环境的真实可感。诗的内容和节奏有些像 rap（说唱乐），饶舌、率真而自然。

同样，注意诗中的"你"。前面的"你"是诗人赶去见面的朋友，最后一行的则是对拉娜·特纳而言（似乎诗人并不担心或没有留意到这样会造成诗意上的混淆）。"你"的使用使得全诗的口气自然、轻松而亲切。

诗的标题就是《诗》。我们注意到，在奥哈拉的诗集中，有很多首诗标题都是《诗》，这些诗大都带有即兴性。据他的朋友回忆，他很多诗都是在办公室里挤时间匆匆写下的，然后就随手扔在那里，直到死后，才被整理出版。

奥哈拉还有一首诗写到了中国：

　　　　在夜里那些中国人
　　　　砰的一声扑向亚洲

　　　　这里用任意的方式

我们，秘密地，玩起

挚爱的游戏，擦伤了
我们的膝盖像中国的鞋子。

鸟儿推着苹果穿过
草丛月亮变成蓝色，

那些苹果在我们的
屁股下面滚动像一株石楠

满是中国的画眉
从中国的灌丛中冲出。

当我们在夜晚爱着
鸟儿在看不见的地方唱着，

中国的节奏击打着
通过我们进入高潮，

那些苹果和鸟儿
感动着我们像温柔的话语。

我们在那个神秘的

种族的优雅中结合着。

　　诗中频繁地出现与中国相关的事物。他对中国并不了解，想
必也不是想通过这首诗来表达他对中国的理解和认识。他使用与
中国相关的物象，只是因为中国遥远、古老而神秘，便于展开想
象，写起来有异国风情，好玩。他的诗有好些就是为了好玩，艺
术讲究给人愉悦，好玩当然也属于一种愉悦。罗伯特·勃莱称纽
约派诗歌为消遣性的作品，不无偏见，但多少也道出了他们的某
种特点。

（1 9 2 7 — 2 0 1 7）

JOHN ASHBERY

阿什贝利的自画像

1959 年，维也纳，诗人约翰·阿什贝利在他的朋友皮埃尔的陪伴下，参观了艺术史博物馆。一幅小小的圆画吸引了他的目光。这是意大利文艺复兴时期画家帕米加尼诺的一幅作品，画在一个木球的凸面上。画面上，画家的目光注视着前方，或许是在注视着我们。他很年轻，也很俊美，中分的浅褐色的头发垂到耳下。他的手从带褶皱的袖口伸出，举到自己前面，于是手变得是头的两倍大，而整个房间被注入了这个球体。十年之后，阿什贝利根据画面写下了一首五百多行的长诗：《凸面镜中的自画像》。

　　这个故事还有另一个版本，更加富有神秘色彩。据说有一次他和朋友闲逛，在一条偏僻的街道上看到一家小书店的橱窗里摆着一本书，书的封面正是这幅画。这幅画深深触动了他，使他产生了写一首诗的想法。然后，当他再去找这家书店时，书店竟莫名其妙地消失了，似乎它的存在只是为了这幅画，或是这首诗。

　　这首长诗为诗人带来了广泛的赞誉。同名诗集一经问世，就囊括了普利策诗歌奖、美国全国书评界奖、美国国家图书奖，一些学院还把这首诗当作解构主义文本在课堂上分析。2017 年，阿什贝利以九十岁高龄去世。《纽约时报》在为他发布的讣告中这样说："他的诗歌既有嬉笑怒骂，又如挽歌般悲悼，既荒诞不经，又精致绝伦——但是最最重要的是，它带有阿什贝利的标识性。阅读其他美国诗人，我们会说他们巧妙地融合了美国的诗歌传统，而阿什贝利则独创了一个传统。"这个评价不可谓不高，但也算是恰如其分。阿什贝利的风格具有鲜明的独创性，他是近几十年来美国诗坛最重要的，也是最难懂的诗人。尽管晦涩难懂，却也是相当迷人。他的诗句法是常规的，语言也很明白晓畅，但整首诗读起来就往往让人一头雾水。在我看来，这并不是故作高深，有意为难读者，而是出于诗意和表达的需要，这是因为，在他的诗中，有着在不同语境间的转换和跳跃。

现在说一首诗读不懂，就相当于判处了这首诗死刑。而对现代诗攻击得最厉害也是最有效的一点，就是所谓的读不懂。其实读懂读不懂是相对而言的。比如，穆旦等人在三四十年代写的诗，在五六十年代被批判晦涩，具有资产阶级倾向；"文革"过后，人们宽容了穆旦，与此同时，又在说朦胧诗不好懂，这也是"朦胧诗"这一名称的由来；后来人们变得宽容了，接受了朦胧诗，却又指责九十年代诗歌难懂，就像传说中抓替代一样，后来者使前者得到了解脱，让它们的存在变得具有了合法性。

为什么会出现这样的情况？原因很复杂。我想首先是艺术感受力的问题。一个缺少艺术感受力的人，无论如何是看不懂艺术品的。我这里说的看懂，是指真正意义上的审美。在这样的人的眼中，一流作家和三流作家也许并不存在什么差别，他们只是凭借内容和题材来判定作品，甚至可能还会认为三流作家写得要比一流作家好。诗歌是心灵的艺术，是要用心来感知的。这就是为什么当初朦胧诗盛行时，有些饱读诗书的评论家抱怨看不懂，而一些没有多少文化的小青年却不存在这个障碍。他们与作者在心灵感受上有一致的地方，也不带成见，所以容易沟通。

当然，还有一个重要的原因是没有掌握现代诗的创作方法。我们从小就背唐诗宋词，上了学，小学和中学课本里也选了古诗，在大学里更要进行深入探究。"熟读唐诗三百首，不会吟诗也会吟"，尽管我们仍然吟不出唐诗来，但基本上了解了旧体诗的创作方式，这样就以为我们能读懂了。但落实在具体诗上是不是真的读懂了还另当别论。就说白居易的诗，都说老妪能解，其实不然，如果没有注解，我们在理解上还是会有些困难。有的即使在词句的理解上完全没有了障碍，但真的能够完全把握住诗意吗？我看也未必，不然历代的笺注和解读就没有了意义。但为什么我们以为能读懂呢？就是因为我们多少把握了古典诗歌的创作方式。但对于现代诗，我们的教育就显得远远不够了。我们知道，读一张设计图纸，要先了解一些看图的基本规则和要领，否则就会看不懂。看一幅画也是这样。你要看懂毕加索的立体派绘画，也要多少了解一下立体派的理念与方法。不然，我们看到的只会是鼻子和眼睛长在一边的怪物。当人们对现代诗的写作方式一无所知时，又怎么能够读懂呢？另一方面，现代诗比起古典诗歌来确是难懂些。因为现代社会生活变得更为丰富而复杂，体现在诗中往往不是单一的情绪，而是复杂的经验，甚至是更复杂的经验。

对阿什贝利的诗也应该这样看。只有了解了他的创作方式，才能更好地理解和把握他的诗。当然，他的情况更复杂些，对于一些有阅读经验的读者和批评家来说仍然难以解读。这是因为他在一定程度上摒弃了传统意义上的内容和逻辑性，而代之以主观上的联想和玄思。换句话说，他的诗更像是一幅拼贴画，每个局部都清晰易懂，但合起来就让人眼花缭乱了。

阿什贝利生于纽约州的罗彻斯特。他的祖父是罗彻斯特大学的教授。他很喜欢祖父的房子，因为周围有很多小孩子能和他一起玩，还有很多名著供他阅读，《名利场》是他读到的第一部长篇小说。他在家乡读完了中学后，到马萨诸塞州的迪尔菲尔德学院就读，成了一名寄宿生。毕业后，1945 年进入哈佛学习英文，在那里认识了奥哈拉、柯克、詹姆斯·斯凯勒，他们后来被称为纽约派诗人。他最早喜欢玄学派诗歌和济慈，后来听了一个关于斯蒂文斯的讲座，真正接触到了现代诗。但他自己认为奥登对他的影响要超过斯蒂文斯，不过奥登并不一定能读懂他的诗。在一套耶鲁青年诗丛中，阿什贝利被选入，奥登承认不大能理解他的诗，但还是为他写了序言。这种提携后进的做法让阿什贝利一直感念，尽管两个人的诗风格格不入。从哈佛毕业后，阿什贝利进入哥伦比亚大学攻读硕士学位。他还在出版社工作过。后来到巴黎，做过巴黎《国际先驱论坛报》美术评论的撰稿人。他早年学过音乐和绘画，后来又结识了一大批先锋艺术家，这些都很好地体现在他的诗歌创作中。阿什贝利的诗即使在西方读者那里也是难懂的，这除了因为前面说的追求思维的流动性，以及把不同的语境组合在一起，还在于他采用了超现实主义的手法，并带有思辨色彩。著名批评家哈罗德·布鲁姆称他为"强者诗人"，并说他联结了惠特曼到斯蒂文斯的传统。他的诗很迷人，值得一读。读他的诗，需要耐心，更需要采用一种新的阅读方式，即打破常规的思维逻辑，让心灵自由地在他诗作流动的意象间驰骋。当我们真正进入他的诗境，便会有拨开云雾，峰回路转，眼界顿开之感。

曾经有人问毕加索，他的画画的是什么意思。毕加索反问：一朵玫瑰花是什么意思？毕加索的意思无非是，与其从意义上去理解艺术作品，不如从审美角度去鉴赏。有些抽象派绘画并没有表现社会内容，而是利用色彩、线条和形体来形成美感和传递情绪。我想阿什贝利的诗也大抵如此。这也许是他与前卫画家们交往受到影响的结果。

阿什贝利也并不是所有的诗都那么难懂。他早期的《几棵树》就是一首相对好懂的诗，当然也是一首好诗：

> 这些真惊人，每一棵
> 都与邻树结紧，似乎言语
> 是一种静止的表演。
> 或许是机缘巧合
>
> 我们在今晨相会

远离世界，似乎

有默契，你和我

突然变成这些树

想把我们说成的那样：

说是他们存在于此，这事

本身说明问题，说是不久

我们就能抚摸、相爱、解释。

高兴的是我们从未发明

如此秀色，我们被包围：

一种充满喧声的寂静，

一幅上面浮现出微笑的

合唱的油画，一个冬天的早晨。

我们的岁月放在费解的光中，

走着，裹在这样的缄默之内

似乎用这些语音就能自卫。

　　"这些真惊人"是诗人对树发出的感叹，总领全篇。为什么说惊人？是因为在诗人眼中，这些树不说话，互相之间却有着某种内在联系。每棵树表面看上去都似乎独立，但它们的根须在地下交缠在一起。诗人就是抓住这一点加以升华，上升到一个认知的高度："似乎言语／是一种静止的表演"，把树与树的相互连接比作静止的语言，很有独创性。然后诗人把着眼点放在"你和我"身上，人与人之间的关系就像这些树一样，表面上互不相关，但其实有着某些内在的联系。"你和我／突然变成这些树／／想把我们说成的那样：／说是他们存在于此"，表现了诗人主观上的想象：这些树以其自身的存在，用无声的语言暗示着我们，你和我就像它们一样，有着某种联系。一旦我们接受了这样的暗示，我们就会像这些树一样相爱。

下面的调子开始降低，但诗意在进一步拓展。"我们从未发明／如此秀色"，仍然回到了这些树，这是对树的赞美（"秀色"），也是自谦（"我们从未发明"），我们被树和树所表现的意义所围绕（寂静和油画都是对树的比喻，这里还用了矛盾修辞），"冬天的早晨"则交代了时间和季节（在冬天寒冷的早晨人和人之间更加需要温暖），在这样的氛围中，我们从这样的存在中，可以用它们的无声的语言来为自己的相爱辩护了（"自卫"）。

读到这里，我们已经无法分清这是一首咏物诗，还是一首爱情诗。两者交叠纠缠，彼此难分。作为咏物诗，我们看到了对树的赞美，它们的存在带给我们的启示；作为爱情诗，则通过对树的描写刻画，暗示出"你和我"应该像它们那样"抚摸、相爱、解释"。

诗人奥登有句诗，一时成为人人传诵的警句：我们如不相爱，就会死去。简练而明快，但带有某种强制性。阿什贝利这首诗却显得循循善诱，一步步地展开自己的意思，让人避无可避。

似乎说出了一切，一切又尽在不言中。

诗的艺术特点也是很突出的，写树，又由树到人，最后人和树难分彼此。几乎没有外在的描摹，而是深入事物的本质中。着重于事（人）物间的某些隐秘的联系。这首诗是联想的，流动的，随着意识的变化而展开，同以往的咏物抒情全然不同。

在这首迷人的作品中，我们或许可以感知阿什贝利特有的沉思冥想的气质及语境间的不断转换和叠合。后者是阿什贝利的另一个突出特征。这一特征在现代派作家那里已经被运用。卡夫卡的一篇小说中有这样的段落：

> 钦差大臣立即上路。这是一个有权有势、不知疲倦的人。他时而用右臂，时而用左臂，推开小民，穿人群而过……可是，百姓太多，数也数不清。要是他能走到开阔的田野，他定会飞奔疾行，这样，无疑你马上会听到等待已久的擂门声。可是，他仍在这儿浪费自己的力气……要是他终于冲破最外层那道城门多好——但是这永远办不到——眼前就是京城，世界的中心，废物充斥，都快外溢了。谁也没办法穿市而过。这位捧着死人诏书的钦差更不可能了。但是，对于这一切，你坐在窗边遐想不已，窗外，暮色正在降临。

坐在窗边遐想的"你"，显然是一个旁观者，也就是另一语境中的读者。这一段落展现出这样一幅图景：一方面，一位钦差在匆忙赶路，他为无法完成使命而焦虑不已；另一方面，一个旁观者不动声色地在观察着这一切。或者说，在最后一幕，镜头被拉开了，我们不仅看到舞台上的人物，也看到了台下的观众。

显然，这种语境的转换和叠合给我们带来了愉悦。在阿什贝利的诗中，这一特征变得更为突出。在一首诗中，他这样写：

> 你没有当选总统，但赢得了这场竞争
> 一路通过浓雾和细雨
> 当你阅读它是诚挚的海岸
> 结巴地与没有意图的村庄说话
> 马匹疲惫地拉着，我想……
> ——《网球场的宣言》

把若干不同语境的内容交叠在一起，产生一种似是而非然而又很迷人的效果。

或：

> 岁月缓慢地经过，如同
> 一束干草，花朵
> 吟诵它们的诗，
> 在池塘的底部
> 鲮鱼们搅动着。
> 钢笔摸上去是凉的。
> ——《香根草》

从前几句对岁月的描写一下子转到了钢笔上面，突兀而有趣，颇有些近似西方的拼贴画或抽象绘画。这种语境的突兀转换造成语义的复杂性，使意义变得模糊而费解，增加了理解的难度。但这种难度也确实会带来阅读的快感。正如法国结构主义理论家罗兰·巴特所主张的那样，无限地延缓能指的过程，不使其达到所指，以造成文本的愉悦。

这也许就是勃莱提倡的联想和跳跃。这种方法在阿什贝利的诗中非常普遍，他总是从一个场景跳到另一个场景，从一个语境跳到另一个语境，其中又夹杂着某种思辨性（沉思）。这正是他诗中迷人的地方。这有时是为了达到某种新奇的效果，如：

> 第一年就像是在结冰。
>
> 随后蛋糕开始显露。
>
> 这也很好，除非你忘记了你选择的目标。
>
> 突然你对某些新事物有了兴趣
>
> 而你说不清如何来到这里。随后混乱
>
> 像一道烟，随即出自幸福——
>
> ——《更愉快的冒险》

漫不经心的语调，加上行文的不连贯，使我们无法把握他的意图，有时他也确实不想让我们把握他的意图，因为他就是要造成语言的这种效果，矛盾、断裂，也许在他的眼中，真实的世界就是这个样子，一切都是混乱而无序的，一切都是相互矛盾的。

而在另一些诗中，并没有这样极端。他的联想和跳跃都是依情绪和节奏的变化而变化，但经常会围绕着一个基本的意识，然后就此衍生开。如果我们抓住这一点，就会把握住一些蛛丝马迹。

　　有人说，阿什贝利诗中表现的不是意识，而是对意识的意识。怎样理解这句话？一般来说，诗都是对某物的意识。比如说，我们写一棵树，那么我们的意识是关于这棵树的，我们的意识必然会倾注在上面。同样，我们写一条河流，写一个事件、一个情境或感想，也都是这样。但意识的意识是我们在关注某物的同时也在关注自己的意识。也就是说，站在自我之外，以一个旁观者的身份观测着自己意识是如何发生变化的。阿什贝利本人也说过，他在写作时对周围每一事物产生意识，它们蜂拥着进入他的诗中。在一首诗中，他这样说：

　　　　什么是写作？
　　　　对我来说，写在纸上的
　　　　确切说，是想法，而不是思想，也许：
　　　　关于思想的想法。思想对一个词过于宏大了。
　　　　　　——《比尔颂》

　　因此，他这样写：

　　　　楼房，如此漫不经心地堆起
　　　　在对方的背后，是"提议

它们，虽然只是提议

我们希望你认真接受"。进入

蓝天。到达那里很容易，

此外我们希望你能下来。

今天有很多交易在地上，

不只是泥泞，有些事情还很重要……

——《春天的光线》

意识在不断地跳跃，但基本上是在围绕着楼房这一主导意象展开，并且进行联想。当然，他最著名的作品是前面提到的《凸面镜中的自画像》。

该长诗共计五百五十一行，围绕着帕米加尼诺的自画像展开，诗的一开头这样写：

如帕米加尼诺所做，右手

比头还大，伸向观察者

并轻松地移开，仿佛要去保护

它宣告的一切……

这是对画的直接描述。全诗就是对帕米加尼诺这幅自画像的遐想，沉思和自由联想构成了这首诗的主调。当然里面也包含着阿什贝利和古代画家精神上的对话和对艺术的看法，但更多是对自我意识的关注和反思。对一首长诗来说，重要的是结构。如果把材料有机地组合在一起是对诗人创作能力的考验。在我来看，这首长诗有着这样几个维度，一个是围绕着画家的创作展开，并借用瓦萨利的话说明了这幅画的创作过程和历史渊源。瓦萨利是弗朗西斯科的同代人，是米开朗琪罗的学生，也是一位艺术家和建筑学家。

> 瓦萨利说，"弗朗西斯科一天让自己
> 来画他的自画像，为此他打量着自己
> 在一面凸面镜中，

阿什贝利还加上了自己对弗朗西斯科生平事迹的介绍和与这幅画的渊源：

> 弗朗西斯科工作着的罗马
> 被洗劫期间：他的创作
> 让冲进的士兵惊异；
> 他们决定放过他，但他很快离开了；
> 这幅画现在维也纳，在那里
> 我和皮埃尔看到它；

以及对这幅画的细致观察、描绘并引发出的思考：

> 一些铅色的窗格，旧房梁

皮毛，褶皱的细棉布，一个珊瑚戒指，一同奔跑

　　以运动支撑着那张脸，

　　更多的是与弗朗西斯科的对话。他们仿佛跨越了几个世纪，老朋友一样亲切交谈着。当然，也像是诗人在喃喃自语，对着虚空说话：

　　那些在黄昏的声音

　　告诉了你一切而故事仍在继续

　　以记忆的形式沉淀在不规则的

　　水晶中。弗朗西斯科，

　　是谁的弯曲的手在控制

　　季节的变换和思想，

　　这些向度互相交织变换，不断出现，又不断交替，形成了深沉的回响。诗人不断地就这幅画和这幅画的创作发出玄思，一串串美妙的句子就像一阵阵微风吹过树梢，出现而又消失，引人遐思。

　　作为纽约派的代表人物，阿什贝利的重要性日益显现。事实上，他已成为美国当代诗坛上最有影响也是最具实力的诗人。

米沃什：时代的见证人

一

　　从严格意义上讲，切斯瓦夫·米沃什算不上美国诗人，虽然他早在二十世纪六十年代初期就定居美国，后来又加入了美国国籍。他一直把自己称作"流亡诗人"，并坚持用波兰文写作，由他与他的诗人朋友罗伯特·哈斯和品斯基共同译成英文。事实上，他的外语非常好，精通法语、德语，英语自然也不在话下。他用母语写作是为了在最大限度上保持与过去的联系。

　　我关注米沃什的时间比较早，在他 1980 年获得诺贝尔文学奖之后，国内就有他的译诗出现，尽管很少，但可以看出他坚实硬朗的风格，与之前接触到的外国诗歌有很大不同，这正是我所喜爱的。其实在他获奖之前，甚至国外的读者对这位诗人也知之甚少，借助这个奖项的影响力，他的诗歌才得以广泛传播。这些年，国内一些人对诺贝尔文学奖颇有些微辞，除了酸葡萄心理，也多少有些道理。比如这个奖对公认的好作家置之不顾，却热衷于爆冷门。但无论如何，这个奖的影响力很强，很多作家的作品靠着这个奖才得以广为流传。说到米沃什，他的一生也很有传奇性，尤其早年的生活，足够写出一篇小说。他出生于立陶宛维尔诺附近的谢泰伊涅。当时立陶宛还属于波兰的版图，直到1940年才归属苏联。当地语言混杂，但米沃什的家庭从十六世纪起就讲波兰语，因此，尽管此后漂泊不定，并精通好几种语言，但他仍然把波兰视为他的祖国，把波兰语当作自己的母语。他在诗中说："我是一个波兰诗人，不是立陶宛诗人。"

二

　　米沃什的父亲亚历山大·米沃什是一位土木工程师，由于工作的关系，他带领全家去过俄国的许多地方。在一篇洋溢着诗意的散文中（《西伯利亚大铁路》），米沃什追忆了他的父亲并重新体验他幼时旅行的经验（"亚历山大·米沃什，一位年轻的土木工程师，里加工学院的毕业生，在萨彦岭的泰加森林里打猎"）。

　　中学时代米沃什在立陶宛首都维尔诺度过，他对当时强行推行的天主教教育非常反感，曾自嘲为"叛徒"，因为他从小就是在天主教背景下成长起来的。我们应该看到，米沃什反感的是把天主教强行制度化，而并不是天主教本身。也许今天我们应该更多地把这视为年轻人的一次反叛，而不应由此否定天主教思想对他产生的影响（积极的和负面的）。在高中时，他翻译过维吉尔、奥维德和贺拉斯的作品，这可能是他最早接受的古典主义诗歌的影响。

中学毕业后，米沃什进入维尔诺大学，但攻读的是法律，而不是文学，并取得了硕士学位（据说他后来是伯克利大学任教的唯一的硕士，直到他们授予他名誉博士的称号）。

二十世纪初，现代主义诗风在欧洲盛行，年轻的米沃什也不可避免地受到冲击。1933年，米沃什出版了第一本诗集《冰封的日子》。在他早期的诗作中，我们可以看到象征主义和超现实主义的某些影响。但他并没有像许多现代派诗人一样沉溺于自我，而是对现实保持着关注，对世界的未来充满了忧虑。至于接受马克思主义并成为左翼人士，也多少使我们想到了当时的奥登。尽管奥登的诗观一直被视为与米沃什迥然相异，但在三十年代他也同样用诗歌预言了二十世纪的灾难，并以"红色"著称。

二战爆发时，米沃什选择留在了华沙，目睹了纳粹的种种暴行。这些噩梦般的日子日后经常出现在他的诗中，直接或戴着面具。但他没有选择逃离，而是参加了抵抗运动。在这段日子，他秘密出版了一些作品，还编辑出版了一本反法西斯诗集《无敌之歌》。战后米沃什被新成立的波兰人民共和国任命为外交官，先后在波兰驻华盛顿和巴黎的大使馆工作。1951年，他申请政治避难并留在了法国。由于不能适应在巴黎的波兰民族主义流亡者们圈子，他最终于1960年去了美国，并在加利福尼亚大学伯克利分校的斯拉夫语言文学系任教。在伯克利，他终于安定下来，度过了一生中最为平静的日子。1980年，诗人获得了诺贝尔文学奖。在离开故国三十年后，米沃什于1981年回到波兰，受到了隆重的礼遇。后来米沃什从伯克利分校退休，居住和往来在伯克利和克拉科夫两地，直到去世。

三

　　米沃什是一位真正意义上的流亡诗人。流亡可以分为广义和狭义的、无形和有形的，或者按照米沃什本人的界定，分为内在和外在的。文学史的众多事例向我们证明了并且仍在证明，就其本质而言，一位真正的思想者或作家永远处于一种精神上的或内在的流亡状态，因为他蔑视和反抗着权势和秩序，他无法使自己的思想和心灵被局限于某个规定的领域内，永远渴望着历险和超越——不是荷马笔下的尤利西斯，而更像是但丁笔下的尤利西斯。在精神上没有也不应该具有国度。因此，作家在一定程度上是世界主义者，他们更加注重的是心灵和创作上的自由——自由同时意味着历险和孤独。正如同样改写了尤利西斯故事的乔伊斯所说："流亡是我的美学。"但说到实际的流亡，对于米沃什来说，无疑是一种痛苦而危险的选择。即使在纳粹的占领下，每天都有被捕的危险，每天都面对死亡，他也没有想过离开波兰，因为他还能够写作。现在要他放弃祖国和母语——后者对一位写作者尤其是诗人来说更是至关重要——这就意味着他将被悬置在空中，像神话中的安泰一样，难以从大地汲取营养。但他所做的一切更像一个悖论，放弃写作的先决条件，只是为了保持一颗自由的心灵，以便更好地写作。米沃什的一生，经历了两次重大的事件：

一是战争，这是历史强加给他的，两次世界大战几乎摧毁了欧洲的文明和一代人的理想，当然也带给人们深刻的反思；二是流亡。在战后，很多知识分子靠近左翼阵营，这其中包括了一些我们熟悉的著名的艺术家。这自然是出自对和平的渴望和强烈的反战心理，但米沃什正是在人们热情未消的时刻选择了流亡。这场流亡并非政治性的：他并不是一位政治人物，也不贪恋西方的生活方式，而只是一种写作上的必然选择。作为一位以真实为生命的诗人，他必须摆脱思想上和写作上的禁锢，必须更为自由、客观地审视和记录历史与现实。也就是说，为了实现前一种流亡，他不得不选择了后一种流亡。

在流亡两年后出版的《被禁锢的心灵》表明了米沃什的立场，也对他的选择做出了说明。在书的第一章，他提到了1932年威科维兹出版的一本小说，小说中有一种"墨提宾"药丸，这种药丸包含了一位虚构的蒙古哲学家墨提宾的人生观，一旦服下，就会对任何形而上学的思想观念毫无兴趣，认为精神追求和面向内心的写作是愚蠢的。当欧洲吃了这种药丸的人愈来愈多，他们的失败就指日可待了。尽管米沃什不是社会政治学家，但他的这部社会政治学著作还是引起了西方读者的广泛关注。如果我们抽象地看待这部书，那么，知识分子在高压下的沉默正是书中所谴责的。然而，这种谴责在米沃什后来的诗作中并没有得以充分地展现，而正好相反，米沃什以另外一种方式表明了他的态度。他要通过他的写作，树立起一个正面的积极形象，即勇敢地面对历史和现实，体现一个知识分子应该具有的勇气和良知。

四

对往事的追忆和对时间的思索构成了米沃什诗歌的特色。在他漫长的创作生涯中，展现了一个贯穿始终的主题，即时间和拯救。这就使他的诗中具有了一种历史的沧桑感。时间的主题在很多作家那里程度不同地存在着，但很少有人像米沃什展示得那样充分、深入，那样复杂多变而充满矛盾。这多少与他的个人气质有关，更多取决于他的人生经历。在早期的抒情诗中，他似乎就注意到了时间和由此带来的变化：

> 黎明时我们驾着马车穿过冰封的原野。
> 一只红色的翅膀自黑暗中升起。
>
> 突然一只野兔从道路上跑过。
> 我们中的一个用手指点着它。
>
> 已经很久了。今天他们已不在人世，
> 那只野兔，那个做手势的人。
>
> 哦，我的爱人，它们在哪里，它们将去哪里？
> 那挥动的手，一连串动作，砂石的沙沙声。
> 我询问，不是由于悲伤，而是感到惶惑。

这首题为《偶遇》的诗写于他出生的城市。诗中有着一个长长的时间跨度。那只"红色的翅膀"是在隐喻黎明还是"我们"的马车？但翅膀无疑与飞驰和时间密切相关。原野、野兔和手的指点不过是最为普通的生活细节，哪怕被称为"偶遇"，却无形中被赋予了寓意。它们构成了过去的一切。在这里，时间由一连串的动作和事件构成。这些微不足道的动作和事件一旦具有了时间的意义，它们的出现和消失就不再是孤立的了，而由此引发的一连串情绪和思索也就变得合乎情理。米沃什感到惶惑，是因为时间永恒，无始无终，而它带来的事物却不能长久地延续下去。源于这种时间带来变化的"惶惑"，其震撼力远远超出了悲伤，因为它展示了一种生命的不确定性。在另一首诗中，他写到了在亚述人、埃及人和罗马人的月亮下面季节和生活的变化。一切都生生灭灭，转瞬即逝，似乎什么也抓不住。而人类社会的暴力又加剧了这种变化。随着时间的推移，世事沧桑在诗人内心造成了巨大的冲撞，使他有一种劫后余生的感觉：

　　　　咖啡馆桌子前面的那些人中——
　　　　它在窗玻璃闪着霜的冬日正午的庭院——
　　　　只有我一个人幸存。

　　甚至他熟悉的城市也在战火中毁灭、消失了：

　　　　在多年沉默后。维罗纳已不复存在。

我用手指捏着它的砖屑。这是

故乡城市伟大爱的残余。

　　失去家园的感觉对于米沃什来说是双重的：地理上和时间上的。他曾经目睹了一系列触目惊心的变化，并为之深深触动。早年的信念破灭了，熟悉的人和城市消失了，德国法西斯的覆亡没有使和平真正到来，代之的却是新的集权和冷战。但这种时间的变化并没有把他引入一种虚无主义，反而使他具有了见证人的身份。而到了晚年，他更是常常被往事缠绕，那些死者会出现在他的面前，有时还和他对话（出于想象还是幻觉？）："回忆降临在黑暗的水面。／那些人，似乎在一片玻璃后面，凝视，沉默"。时间的悲剧持续上演，永不停息，并且像遥远的回声，时时在他的耳边震响，使他时刻保持着警醒。

　　被海伦·文德勒称为"全景镜头"式的写作显示了米沃什诗歌的进一步成熟。他的诗中仍然保持并发扬了他固有的特色：对往事的追忆，以及由此带来的困惑和忧伤。但现在这种往事不再是孤立的，而与历史文化紧密联系在一起。诗中沉思的调子和自省的成分也得到了加强。而这些，正是挽歌的必要因素。当然这首挽歌并不是写给某个人，也不是写给二战时的死难者，而是为了二十世纪衰落的文明，为了时间和历史，确切说，是出于一种救赎的目的。

五

在"自由"和"必需"间找到一个平衡点并非易事。米沃什深知自由对一个人的重要，但他并不忽视自己对历史和社会所承担的责任。在他看来，最可怕的莫过于遗忘。消逝了的过去并不是真正消逝，如果它们还留存在我们的记忆中。但消逝的过去一旦被遗忘，那就意味着它真的消逝了，我们也就断绝了与过去一切的联系。在二战期间，米沃什就曾想到罗马的鲜花广场，想到了曾在那里被烧死的布鲁诺，一个当年被视为异端又在几个世纪后被视为真理的捍卫者和圣徒的人：

> 在火焰熄灭之前，
> 小酒馆重新挤满了人，
> 一筐筐橄榄和柠檬
> 重现在卖主的肩上。
> ……
> 当罗马和华沙的人们
> 经过殉难者的火葬堆时，
> 讲价，大笑，求爱。
> 还会有人读到
> 人性的消失，
> 读到遗忘产生在
> 火堆熄灭以前。

米沃什的痛苦并不在于布鲁诺的被处死，而在于当时旁观者的无动于衷和此时在这场战争中人们的冷漠和麻木。战争和不幸造成了时间的断裂，人们迫切需要忘记那些痛苦的经历，以便开始新的生活。这就使时间的通道被切断，过去和现在无法联结，也无法通向未来。米沃什所要做的一切，就是努力恢复过去和现在的联系。时间具有双重性。我们生存在时间中，只有当死亡到来，我们的时间才会终止，因此，时间和我们的生命密切关联；另一方面，时间的流逝无情而残酷，它带走一切美好和有价值的东西，包括我们的生命。而战争和战争带来的暴力、破坏，又在加速着时间的这种进程。和原始的人类一样，在米沃什看来，语言具有一种咒语的力量，它通过复述可以使逝去的一切重现，并得到永存。这就使我们充分理解了为什么时间成为米沃什的一贯主题，理解了为什么在他的诗中有着那么多的对往事和死者的追怀。挽歌的意义不仅在于悲恸已逝的，更在于使逝去的一切通过词语得到再生，以战胜遗忘，使时间得到拯救（"我们该怎样守护它？靠叫出事物的名字。"——《一个请求》）。

在《阅读》一诗中，米沃什对历史进行了反思。尽管他再一次肯定了文字的力量（"比刻在石头上的铭文更耐久"）并能从中发现"真理高贵的言说"，但通过和古老希腊文字的比较，米沃什得出了这样的结论："那个新的纪元（指耶稣降生）/ 并不比昨天遥远。"一切都没有多大的不同：恐惧，渴望，橄榄油，葡萄酒，面包，甚至习俗。历史不断重复，今天的一切无非是昨天的重演，"二十个世纪就像二十个日子"。

"人类的真正敌人是概括。/人类的真正敌人是所谓的历史。"在《诗的六首演讲词》中米沃什这样宣称。他在诗中提到了一位被人遗忘的图书管理员雅德维加小姐，二战时她被困在炸塌了的房屋的掩体中，但没有人能够救她，她敲击墙壁的声音持续了好多天，直到她无声息地死去。生命是具体的，不能被简化为干巴巴的数字，或历史学家简约而冰冷的叙述。这里米沃什并不是要否定历史这一学科，而要说明只有通过艺术才能更好地还原真实的历史。

六

面对二十世纪数不清的灾难，陷入深深痛苦中的米沃什也同时陷入深深的疑惑，甚至对上帝表示出怀疑和责难："上帝真的要我们失去灵魂/只有那样他才能得到完美的礼物？"（《大师》）；"上帝不会为善良人增加羊群和骆驼/也不会因为谋杀和伪证带走什么。/他长久隐匿着"（《忠告》）。

> 在不幸中赞美上帝是痛苦的，
> 想着他不会行动，尽管他能。
> ——《在圣像前》

甚至天使，也"被夺走了一切：白衣服，/翅膀，甚至存在。"

（《关于天使》）。而：

> 下面，一切都在瓦解：城堡的大厅，
>
> 大教堂后面的小径、妓院、店铺。
>
> 没有一个灵魂。那么信使会从哪来？

　　米沃什对待上帝的态度多少使我们想到了瑞典电影导演英格玛·伯格曼。后者出身于一个虔诚的宗教家庭，但几乎在他全部的作品中反复展现了人类的痛苦和绝望，并由此探询人和上帝的关系。在对待上帝的问题上，米沃什与伯格曼看上去非常相似。也许在他们内心深处仍然存有对上帝的某种信仰，他们的怀疑可以看作是出自艺术家的良知，而前提正是具有或曾经具有这方面的信仰。事实上，天主教思想和欧洲的人文传统（包括唯物论）对米沃什的思想都有深刻的影响。在1987年的一次访谈中，米沃什引用了一位波兰诗人的话："上帝同意我做无神论者。"这无疑是一个具有自嘲意味的悖论。

　　当然，能否成为优秀诗人并不取决于一个人的信仰，而取决于他是否能够忠实于自己的内心感受和真实地抒写他的时代，即使这与他的个人信仰发生矛盾。在米沃什的诗中，他宁愿赞美理性，因为这是人类自救的一个更为适用的武器：

> 人类的理性美丽而不可战胜。
>
> 没有栅栏，没有铁丝网，没有化成纸浆的书

和流放的判决能压倒它。

它用语言创立了全人类的观念，

引导我们的手，我们用大写字母写下

真理和正义，谎言和压迫用小写字母。

它把应该放在上面的事物放在上面，

是绝望的敌人和希望的朋友。

它不分犹太人和希腊人，或奴隶和主人，

把世界的产业交给我们去管理。

它从痛苦词语的粗俗噪音中

解救出朴素而明晰的语句。

它说太阳下面都是新的事物，

张开过去冻结的拳头。

美丽而又年轻的是菲罗－索菲亚

和诗歌，她的服务于善的助手。

昨天自然才迟迟祝贺她们的诞生，

这消息被独角兽和一个回声带到群山。

她们的友谊美好，她们的时间没有终结。

她们的敌人把自己交给了毁灭。

真理和正义被用大写字母写下，因为它们代表着人类的理性和良知。正如他所说："诗最重要的特质是给人生经验一种肯定的评价。我们这个世纪的诗，包括我自己的作品，都有着过多的否定和虚无。想到这一点，我就觉得很悲哀，每当人类的历史经验和个人生存充满恐怖和苦难时，诗人们眼中的世界便成为黑暗一团，聚集着各种冷漠残暴的力量。然而，在个人的生活历程中，我常看到人性的崇高和善良，在危险时刻发挥了激浊扬清的作用。我的作品多少表达出我对人类美德的感恩之情，因此，我自认我写的诗还有点价值。"（米沃什在接受《旧金山纪事报》记者摩纳·亨宝森访问时的回答）我们也许已经注意到，作为一位目睹了二十世纪人类灾难的诗人，米沃什后期的诗歌中，很少出现对法西斯主义和专制暴行的痛斥和鞭挞，他只是平静地展示和分析。这种客观和冷静反而使他的诗歌具有了一种更为明晰的理性的力量。他谈到他喜欢人们把他的诗称为"哲理诗"，因为"它表明了对于世界即十分真实的世界的某种态度"。他的着眼点不仅仅是揭露罪行，而是探讨二十世纪的历史和人性中的善与恶，这就是他的诗中有着那么多的追问，并不断对自己进行反思、自责甚至忏悔的原因。正是在这种自省中，我们看到了隐藏在平静语调后面的痛苦和困惑，也正是通过自责，痛苦的情绪才能找到通向外界的出口。

七

　　米沃什也写过一些清新优美的抒情诗，我们可以把这视为他全部作品中的华彩乐段，也可以看作他要极力使自己从痛苦中挣脱出来的努力：

在月亮升起时女人们穿着花衣服闲逛，

我震惊于她们的眼睛、睫毛，以及世界的整个安排。

在我看来，从这样强烈的相互吸引中

最终会引发终极的真理。

    ——《在月亮》

多么快乐的一天。

雾早就散了，我在花园中干活。

蜂鸟停在忍冬花的上面。

尘世中没有什么我想占有。

我知道没有人值得我去妒忌。

无论遭受了怎样的不幸，我都已忘记。

想到我曾是相同的人并不使我窘迫。

我的身体没有疼痛。

直起腰，我看见蓝色的海和白帆。

    ——《礼物》

噢，多好的黎明在窗子里！鸣炮致敬。

摩西的竹筏漂下绿色的尼罗河。

凝然站立在空气中，我们飞过鲜花：

可爱的康乃馨和郁金香摆在长桌上。

也会听到狩猎号角的吹奏。

无穷无尽的地球财富：

百里香的芬芳，枞树的色彩，白霜，鹤舞。

每种事物同时存在。或永恒。

没被看见，没被听到，但它仍存在过。

没被琴弦和舌头表达，但它仍将存在。

草莓冰激凌，我们在天空中融化。

——《惊异》

当女人们穿着花衣服在月亮底下漫步，诗人在强烈的吸引中，领悟到了一种终极的真理，即爱情；而从在花园里干活这样一种普通的生活方式中，诗人也感到了生命的充实；《惊异》则进一步肯定了人世的财富，即自然的美，它们并不依存于艺术和人类的语言。唯物论思想在这里似乎得到了体现。虽然历经劫难，但米沃什仍然相信爱（"世界应有一点点友爱"），喜爱短暂的事物，因为：

有太多的死亡，这正是为什么钟情于

那些辫子，在风中鲜艳的裙子

和不比我们更耐久的船……

诗人主张并鼓励人们去感知并享受尘世的快乐，即使这快乐是短暂的。我们不妨把这看作一种积极的人生态度——这当然很好，但真实的情况可能是，正是经历过一连串的不幸，正是对时间的本质有着深切的感知，诗人才转向了普通人的生活："随着渐渐消失的时代／人们学到了重视智慧和纯朴的善。"(《契里科咖啡馆》)或者毋宁说,他是在遮掩或说服自己忘掉内心的痛苦。因为过去的一切不断地袭扰他,包括那些死者:"那些名字被抹去或踩在地上的人／不断探访我们。"(《契里科咖啡馆》)尽管他可能真的认为生活即是幸福("赞美生活,即幸福"),但人活着所要学会的不光是死亡,也是活着本身(这更像是一种无可奈何的抗争后的妥协):

> 我曾想：这一切只是准备
> 学会，最终如何去死。
> ……
> 这是真的。我们有美好的时光
> 只要时光仍然是时光。
> ——《一个错误》

八

米沃什的风格朴素而强烈。他并不过分追求形式和外在的诗意,而在诗歌的广度和深度上努力拓展和开掘。他的诗具有很强的感染力,这也许是理性和道义的力量在诗歌中得以体现的缘故。他常常使用散文化的句子,没有更多的修饰,显得自然流畅,甚至显得直率。从形式上看,他的诗行有些接近惠特曼,但与惠特曼有着很大的不同。惠特曼的思想更多来自爱默生，充满美洲大陆的乐观的情绪，相比之下甚至显得有些自大，米沃什却更加明晰、沉郁，甚至忧伤。就精神气质讲，米沃什属于古典主义，代表着欧洲文化的传统。只要你仔细凝听，就会听到时间脚步的回声。

米沃什的诗代表了人类的良知、勇气和道德力量。他可能是这个时代为数不多的相信真理和正义的作家。在看到这一点的同时，我们似乎也应该注意到他内心深处的巨大的难以排解的矛盾。在诗中，他以深刻的洞察力为我们描绘了二十世纪，他挽歌式的写作使我们从中目睹了战争和专制制度带来的混乱以及人类的伤痛，使我们意识到了时间的残酷性，也唤起了我们深深的思索乃至疑虑。

2004 年 8 月 14 日，诗人在波兰克拉科夫家中去世，享年九十三岁。波兰总理马莱克·贝尔卡在发表声明的时候，称米沃什为"伟大的波兰人"。经过了半个世纪，米沃什终于得到了自己祖国的承认。

(1 9 4 0 — 1 9 9 6)

JOSEPH BRODSKY

(1 9 4 0 — 1 9 9 6)

布罗茨基的贡献

布罗茨基与米沃什都是流亡诗人，他们都来自东欧的铁幕之下，又都在流亡后写出了非常优秀的诗歌，并获得了诺贝尔文学奖。这是他们的共同点。不同点是米沃什是自己选择了流亡，布罗茨基则是被赶出苏联；米沃什长寿，活了九十三岁，而布罗茨基只活了五十五岁，用现在的眼光看，他是短命的。据说，布罗茨基由于长期遭受磨难，患有严重的心脏病，心脏做过两次搭桥手术，加上烟抽得很凶，1996年1月28日，他在睡梦中离开人世。据说他前一天晚上和妻子告别后进了书房，第二天被发现死在了里面。

　　在听到他的死讯后，我应一位诗人朋友之邀，写过一篇短文来悼念他。这篇文章据说是发在了香港的一家报刊上，但我始终没有见到。现在从网上可以找到这篇文章，或许是从那里转发的。

　　布罗茨基的诗对中国读者来说算不上陌生。1987年他获得诺贝尔文学奖后（获奖理由是"超越时空限制，无论在文学上及敏感问题方面，都充分显示出他广阔的思想和浓郁的诗意"），他的诗被陆续翻译成中文，漓江出版社还出过他的专集，他的散文也有被出版。尤其是近年来，他的大部分作品已经或正在陆续被译成中文。他对中国诗歌界的影响可谓巨大，也许是他和中国的诗人有着某些相同背景的缘故。

　　布罗茨基出生于苏联的列宁格勒，这是一座美丽的城市，原来叫圣彼得堡，列宁去世后改为列宁格勒，苏联解体后又改回了圣彼得堡。他是犹太人，他在中学时因为受到歧视而退学，这也多少显示出他具有喜爱自由、反对暴政的天性。他在十五岁时就进入了社会，当过火车司炉工、钣金工、医院陈尸房工人、地质勘探队的杂务工，但写诗才是他真正的喜好。用我们的眼光看，他是属于自学成才的诗人。

　　1961年，通过写诗的朋友赖恩的介绍，他见到了诗人阿赫玛托娃。阿赫玛托娃是俄苏文学白银时代重要的诗人，早年参加过阿克梅派，并与诗人古米廖夫结为夫妻。当时她受到当局的批判，主管宣传的官员日丹诺夫曾漫骂她一半是修女，一半是娼妇。她的作品无法发表，前夫古米廖夫被斯大林枪毙，儿子也被关进了集中营。但无论在文坛还是在民间，阿赫玛托娃仍然受到喜爱和尊重。布罗茨基把自己的诗拿给阿赫玛托娃看，包括那首后来很有名的《献给约翰·邓恩的大哀歌》。他和阿赫玛托娃年纪相差大约五十岁，在诗艺的追求上也不尽相同，但阿赫玛托娃很欣赏这位年轻人，她亲切地称他为"我们红头发的小伙子"。而后来布罗茨基被认为是阿赫玛托娃最好的继承者。

　　由于在地下刊物发表作品，布罗茨基在1964年被逮捕并受到审判，他的罪名是社会寄生虫，被判五年流放。这无疑很荒诞。在法庭上，法官指责布罗茨基没有正当职业，是不劳而食，而布罗茨基争辩说他是诗人，法官问他怎么能证明他是诗人，布罗茨基说，我没法证明，正像我也没法证明自己是人类。这场庭审变成了一场闹剧，据说当时在法庭上就有很多作家和群众对此提出了异议。在判刑后，由于阿赫玛托娃和作曲家肖斯塔科维奇等人的奔走，他只在流放地待了二十个月，但也饱受身心之苦。

1972 年，在美国总统尼克松访苏前夕，布罗茨基莫名其妙地被推上了一架飞机，驱逐出境，罪名是"不受欢迎的人士"。因为他是犹太人，当局准备把他送往以色列，但他选择了西方。于是，他被送到了奥地利。诗人奥登慷慨地帮助了他，他把布罗茨基介绍给西方的新闻界和文学界，带他出席了在伦敦召开的国际诗歌节，后来又安排他去了美国，为他找到了工作，成为密歇根大学的住校诗人。1977 年，他加入美国国籍，后成为美国艺术与科学学院院士和美国艺术与文学学会会员，任巴伐利亚科学院通讯院士。他在获得诺贝尔文学奖后，还担任过美国国会图书馆的桂冠诗人。他死后，根据他的遗愿，被葬在了他最喜爱的城市——美丽的威尼斯。

2005 年，我去威尼斯参加一个关于但丁的国际会议，抽空去了布罗茨基长眠的圣米凯莱墓地。他的墓碑很显眼，上部是拱形，上下分别用俄文和英文标出他的名字，中间是他的生卒年：1940 年 5 月 24 日—1996 年 1 月 28 日。碑旁是一个美丽的花环，前面是一束白色的菊花和他的遗照。碑的右侧是个小桶，里面插满了圆珠笔和名片，这是参谒的人们献上的。我看了看名片，上面大都是俄国名字，可见他的同胞还是以他为荣的。在碑的顶端，还挂着一个挂链，我不清楚这是他生前戴过的，还是别人献上的。

诗人的命运大都不幸。我不知道究竟是不幸的命运才使得他们写出好诗来，还是写诗使他们的命运变得不幸。布罗茨基被赶出了苏联后，再也没有回到祖国，也没有与他年老的父母见面。我想，这种心灵上的创伤永远无法平复。但无论如何，他在生前得到了诸多的荣誉，死后又葬在了美丽的威尼斯，这大约也算是命运的一种补偿吧。

布罗茨基的诗歌富有抒情意味，清澈而忧伤，这与俄罗斯的抒情传统相关。他的诗也极富现代性，这来自欧美现代派和后现代派的创作的影响。他被认为同时继承了两位前辈的遗产，阿赫玛托娃和奥登的。这个说法并不十分准确，他喜爱的俄国诗人还有茨维塔耶娃和曼德尔斯塔姆，欧美诗人中还有弗罗斯特和艾略特等人。这个说法毋宁说带有象征性，就是说，他同时继承了俄罗斯诗歌中的抒情传统和美国诗歌中的现代意识。关于民族性和世界性的说法一直在困扰着中国的写作者和批评家们。他们也许忽略了一点，离开了世界性，民族性就无法得到彰显和提升；而离开了民族性，世界性又何从体现？他们同样忽略了更重要的一点：无论民族性还是世界性，都不是一个确定的称谓，它们像传统一样，都处于一种变化之中，优秀的创作，无论是民族的还是世界的，都将最终丰富二者。对于作家和诗人来说，重要的是如何更好地表达出内心的真实，为人类提供更好的精神财富。而且在我看来，民族性只是一种策略，它不是为了限制写作，而是为写作提供营养和素材。布罗茨基用自己的写作回答了这一问题，这是他的贡献。

布罗茨基诗歌的题材相当广泛，涉及个人的生活经历和二十世纪一些重大的历史事件，也借用了一些古希腊和古罗马的神话传说，甚至在一首诗中，还虚拟了一封中国明朝的来信。但他在诗中表达的是个人的情感和经验，在这一点上，他更接近浪漫派的主张而非现代派如艾略特的非个人化的观点。他认为诗歌是保持个性的最好方式，保持个性则能够对抗人性的消失。在诺贝尔奖受奖演说中他这样说："如果艺术能教授些什么（首先是教给艺术家），那便是人之存在的个性。作为一种最古老的——也是最简单的——个人投机方式，它会自主或不自主地在人身上激起他的独特性、单一性、独处性等感受，使他由一个社会化的动物转变为一个个体。""一个人，一个个体在玄学的形而上学的层面上发生了什么事情，才是让我感兴趣的东西。"这种高度的个性化和独特的感受意味着更为持久和恒定的人性，是对时间和体制化的对抗。如果我们对浪漫主义文学有一个最基本的了解，就不会对布罗茨基的这一观点感到陌生。英国思想家以赛亚·伯林在谈到浪漫主义起源时就曾说，启蒙主义试图把人类经验导入某些理性秩序之中，毫不理会活力和激情、创造的欲望等。他引证了德国哲学家哈曼的观点，"启蒙主义的整套理念正在扼杀人们的活力，以一种苍白的东西替代了人们创作的热情，替代了整个丰富的感观世界"。过分强调规范和大一统将会导致个性的消失，最终会使人成为"社会化动物"。正如当年浪漫主义者用情感来对抗理性的规范，布罗茨基现在用个性来抑制世界范围内的一体化。说到保持个性，的确如他所说，除了艺术，没有别的更好的方式了。

　　尽管强调诗歌中的个性化特征，但布罗茨基并不是一位浪漫派诗人，至少从表面上看不是。他很少直接描述个人经历和苦难（尤其在写作的中后期），而是把个人的生活经历放在一个更大的背景下，使之沉淀、净化，更加具有普遍性，这就如同把葡萄酿成美酒。他的诗既是高度概括的，又是具体的，并不乏生活细节；既富有思辨色彩，又不乏抒情因素和奇思妙喻。他的很多诗都写得节制，内在激情和表面上冷静的言辞形成了一种张力。尤其应该指出的是，思辨和抒情在布罗茨基的诗歌中融合得异常完美，以至于水乳交融，无法区分。因此我们既不能说他是一位理性的诗人，就像奥登，也不能说他是一位纯粹的抒情诗人，就像他的前辈普希金等人。他的诗人朋友、也是他的传记作者洛谢夫曾说他代表了"丰富、复杂的智性—情绪世界"，这一表述无疑是准确的。

　　在布罗茨基早期的创作中，我们仍然能够看到一些模仿的痕迹，尽管个人的特点也很突出，充分表现出他对事物具有敏锐的感受力和新鲜的表现力。他的一首受到很多人喜爱的描写一匹黑马的诗作标志了他诗艺的趋于成熟。在这首带点寓言意味的诗中，他写到了一匹黑马出现在深夜的篝火旁，"它的身体如虚空般黑暗，／黑过黑夜"。这匹黑马既可以是现实中的事物，也可以看成是一种象征。但诗人没有刻意去强调其象征含义。它是黑暗的具象化，还是戴着面具的死亡？读者尽可以见仁见智。但我个人并不很喜欢这首诗。作为一个象征体，黑马的出现显得有些突兀，全诗在一连串描摹黑马的黑上花费了太多的力气和篇幅，而且太过智巧，它并不能代表布罗茨基的一贯风格。我更喜欢他的《献给约翰·邓恩的大哀歌》和《六年以后》。这两首诗充分显露了他过人的才华和独特的诗艺。前者堆砌了大量的名词，实践了他写诗"多用名词少用形容词"的主张。这些名词在诗中作为事物的命名，构成了一个完整的宇宙，现在这些随着邓恩的死亡而沉寂。据说在写这首诗时，布罗茨基并没有读过邓恩的诗，但这并不影响他写出了这首绝佳的诗作。后者大约是写给他当初的恋人马丽娜·巴斯马诺娃的，每个诗节在重复之中寓以变化，奇妙的比喻和哀伤的情绪在诗中得到了很好的交融。说到底，这也是一首哀歌。哀歌是古希腊和古罗马一种盛行的诗体，用作葬礼挽歌，后出现用来抒写爱情的欢乐和悲哀的哀歌体情诗。布罗茨基的风格很适合这类诗体，他也写过不少这类哀歌体，如悼念艾略特、洛威尔。事实上，他最好的诗作都具有哀歌的风格。忧伤、哀婉，富于音乐性。这一特点即使在译文中也能很好地得到保留：

　　　　影子从你困倦的眼睛落下

　　　　当你独自在熄灭的蜡烛旁，

因为这里历法产生着夜晚

直到耗尽大量的蜡烛。

什么唤起这忧郁的曲调？

一个长长熟悉的旋律。

它再次发出声音。由它去吧。

让它从这个夜晚发出声音。

让它从我死亡的时间发出声音——

作为眼睛和嘴唇的感激

为此有时使我们提升

自己的注视到远处的天空。

……

在其中我们读到了哀伤，但诗人并没有过分渲染而变得自伤自怜，而是用一种讥诮的口吻来说出。但这哀伤并没有因为讥诮而减弱，反而显得更加沉痛。

布罗茨基是一位富于独创性的诗人，他的思想也较为复杂。但有两点他始终如一，即他一直坚持用诗来表达个人独特的感受，并以此对抗同质化社会导致的个性的泯灭。另外一点是，他坚持强调诗歌的审美功能，并且认为诗歌的作用就包含在审美之中。用他的话讲，"美学的选择总是高度个性化的，美学的感受也总是独特的感受"。他的诗具有古典主义的节制和均衡，并大量运用现代技法。在布罗茨基后期的诗作中，智性成分似乎加重了，技艺也更加圆熟。贯穿于他全部创作中的最为显著的特点也许要数机智和妙喻了。说到机智这一点，他似乎并不比他所崇仰的文学前辈——邓恩、奥登等人——逊色：

我说过命运玩着无法得分的游戏，
如果有了鱼子酱，你还会需要鱼？
哥特风格的胜利就要到来
鼓舞着我——不需要可卡因和大麻。
我坐在窗前，外面，一棵杨树。
当我爱着，深沉地爱着。但并不持久。

我说过，森林只是一棵树的部分。
如果有了膝盖，你还会需要整个姑娘？
厌恶了现代纪元扬起的灰尘，
俄国人的目光触到爱沙尼亚的塔尖。
我坐在窗前，餐具已经摆好。
我这里曾经快乐。但不会再次这样。

我写过：灯泡惊恐地看着地板，
而爱，作为一种行为，缺少动词，而零
欧几里得认为消失的点变成的零
不是数学——它是时间的虚无。
我坐在窗前，我坐着时
我的青春回来了。有时我会微笑。或吐痰。

我说过叶子会毁坏嫩芽；

肥料落在未耕种的土壤——徒劳；

在平坦的田野，在没有阴影的平原

自然徒然地撒下树种。

我坐在窗前。两手抓着膝盖。

我沉重的影子是我蹲坐的伙伴。

我的歌曲不合拍，我的嗓音沙哑，

但至少没有合唱队能够唱它。

像这样没有报偿的交谈不会让谁

困扰——没有谁的腿放在我的肩上。

我在黑暗中坐在窗前。像长途汽车，

波浪在波浪似的窗帘后面撞击。

一个二流时代忠诚的对象，

我骄傲地宣称我最好的想法

是二流的，但愿未来把它们作为

我反抗窒息的纪念品。

我坐在黑暗中。很难弄清

哪个更坏：内在的黑暗，或外在的黑暗。

　　——《我坐在窗前》

　　这首诗中有机智、哲思、日常生活的细节，也许还要加上某种自嘲。机智和哲思是奥登的诗中的鲜明特色，但自嘲似乎并不常见。而在布罗茨基笔下，我们经常可以看到这种手法，在自嘲后面则是深藏的沉痛。

长于机智的诗人在西方不乏其人，除了十七世纪的玄学派诗人，还有蒲柏和德莱顿，当然也包括后来的奥登。但西方的机智往往长于理，回味不足。布罗茨基的机智与他们稍有不同，更加感性，也更俏皮，同时包含着强烈的个人情绪。在我看来，他也多少吸收了古罗马诗歌这方面的特点。他善于在平常小事中发掘诗意，然后又巧妙机智地加以表现。布罗茨基的技艺有时显得过于炫目，但他并非缺少朴素和表现深挚情感的才能。在这方面他做得同样出色。有一首诗非常动人：

你已忘记了那座村庄，它遗失在一片片

松林地带的沼泽中，那里不曾有过稻草人

站立在果园：收成一无所获，

道路也只是沟壑和长满灌木的树丛。

老娜斯塔莎已经死去，我想，比斯特列夫肯定也是一样，

不然，他准是坐在地窖里喝酒，或是

用我们的床头板做些什么：

一扇边门，比如，或某种小木棚。

在冬天他们砍伐着木材，芜菁是他们全部的食物，

一颗星在满是烟雾的有霜的天空闪烁，

窗前没有穿着印花棉布的新娘，只有灰尘灰色的手艺，

加上我们曾经相爱的虚空。

　　这是组诗《言辞的片段》中的一首。难得写得质朴、深挚而又哀伤。这里面有对逝去爱情的哀惋，也有对往事的追怀。随着诗人的回忆逐步展开，人生的苦难弥散开来，使整首诗的意义向外延展。

　　布罗茨基坚信诗歌的力量，艾略特称马维尔的诗具有一种"文明的品质"，这同样可以用在布罗茨基的身上。他无疑是一位具有独创性的诗人，但在我看来，他的独创性更多来自他对复杂的对立因素的综合。他的诗综合了俄罗斯的诗歌传统和现代主义的诗风，综合了古典精神和现代技法，也综合了智性因素和抒情性。他的成就不在于在更大范围内吸取了诸多有益的因素，而在于他能把这些有机地统合起来，使之成为他本人的独有的特征。

　　布罗茨基的诗歌语言也很有特色，值得人们去借鉴。他的诗有两个最为突出的特点，一是机智，二是多警句。他善于在平常小事中发现诗意，然后又巧妙机智地加以表现。如他早期写给恋人的一首诗中，他这样写：

　　　有多少次，在空地上，我将印着
　　　国徽的铜币付给电线网络世界，
　　　不怀希望地希望着延长我们俩
　　　连接的时间……

我们注意他的方法，他在尽可能地把普通小事的意义夸大，本来是往电话机里填硬币，他非要说把"印着／国徽的铜币付给电线网络世界"，但这种在生活中似乎没有必要的夸张在诗中却产生了奇妙的效果，强烈地表明了他对与恋人尽可能长时间地通话的渴望。

再看下面：

> 可是，啊，倘若
> 没有能力让整个世界变得失色，
> 人只能在公共电话亭里转动
> 缺齿的拨号盘，好比旋转鸟义架，
> 一直等到幽灵出来答话，夜色中
> 回应着蜂音器那最后的呜咽。

他把拨号盘比成迷信中招来死者的鸟义架，恋人不接电话在诗人那里意味着失去了同另一个世界的联系。

诗重意蕴，忌平直。如果他写他去过很多城市，这样未免太过直白，于是他说：

> 欧洲的城市在火车站中交叠

这个看似简单的句子其实是很要功力的。他极善使用隐喻，如：

当"未来"被说出时，成群的老鼠
冲出俄罗斯语言，啃吃着一片
成熟的记忆，它比真正的奶酪
有着多一倍的孔洞。

再如：

我只是厌倦夏季。
你伸手去拿抽屉里的衬衫时日子已经荒芜。
但愿冬天来了用雪窒息着
所有这些街道，

　　总之，布罗茨基以精湛的诗艺征服了读者。他的散文也写得
出色。他没有受到系统的教育（这一点与米沃什无法相比），但
他坚持自学，并大量阅读世界名著，在《怎样阅读一本书》中，
他如数家珍，提到了好多作家和作品。在另一篇散文中，他说，
写诗是死亡练习。诗人写诗是为了将他的世界即他个人的文明留
存后世。如果我们同意这一说法，那么，我们也就会承认，诗人
的生命并不随着他肉体的消亡而消亡，而继续留存在语言中，并
通过每一个阅读者而得到延续。也许布罗茨基也是如此。

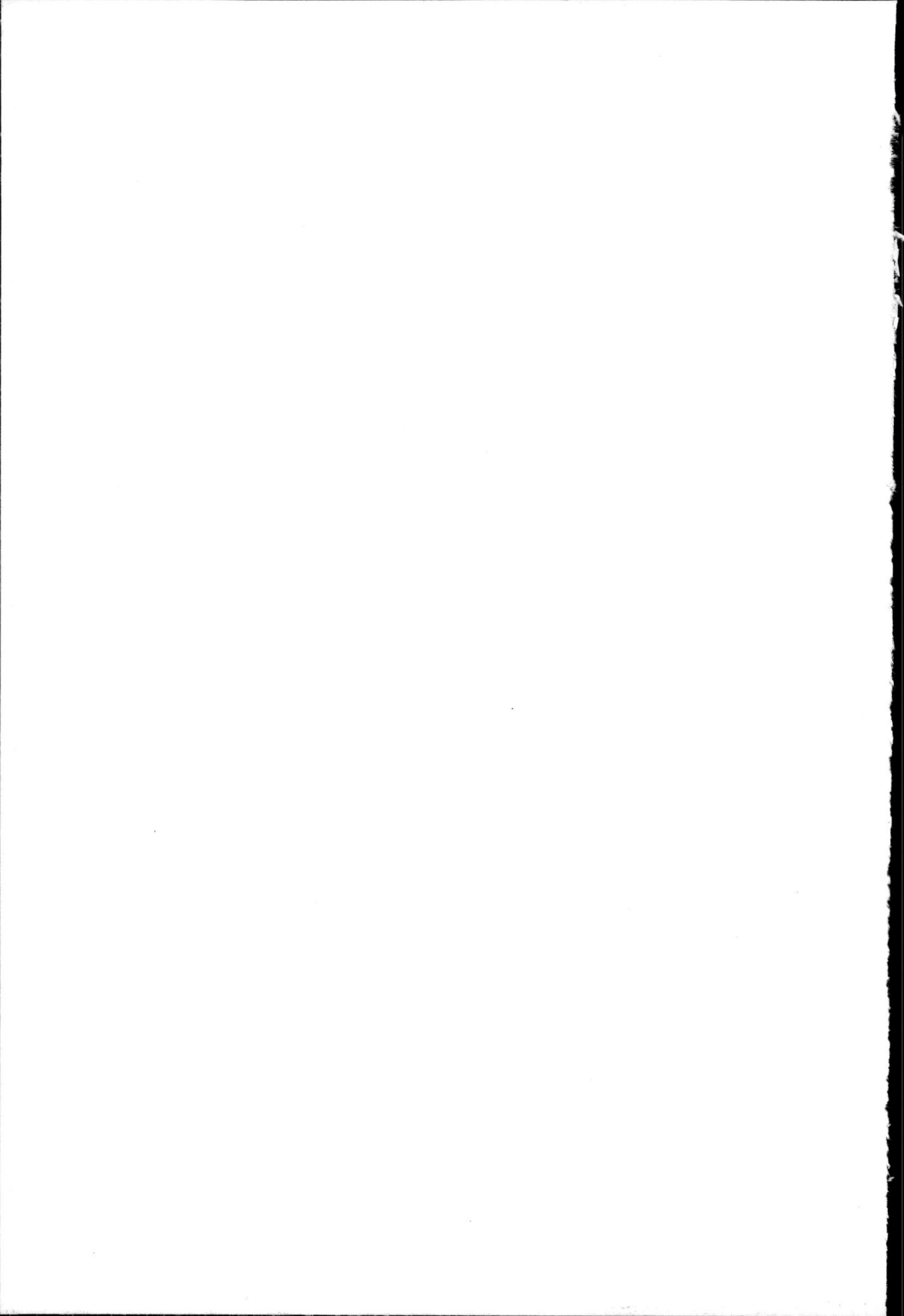